幻魔降世

Shaswahn Story Online II

御 姐大追擊★奪還哥哥大人！

CONTENTS

給我最喜歡的家人們：

有人說過，相遇就是一種緣分。

與各位初次見面時的畫面至今仍記憶猶新。

我在「他」的帶領下來到大家所在的處所，那時的我很緊張，不管是面對陌生的環境，還是面對陌生的你們，我很怕自己會像以前一樣得不到喜愛。

但卻出乎意料，大家對我露出和善的表情，關心的歡迎我加入你們所待的「家」，成為家庭的一分子。

對許多事情手足無措的我，你們都很和善的指導我許多，耐心的帶我走過各個大陸解任務、指導我遇見何種怪物應該從哪方面處置對付、特地蒐集高級的晶石合成裝備贈送給我，還有讓我能自由的在公會擁有一席之地。

這裡，和我所想的完全不同……沒有階級的比較，沒有厭惡與憎恨，每個人不會去劃分自己的限制線條，而是毫無保留的對身旁的家人付出所有。

更重要的是……這裡，並不會有傷害。

家，是我從離開那個地方之後就不敢再抱持的奢望，因為偶爾回想起，心，就會覺得疼痛。

直到遇見了你們……能和各位成為家人，來到這如「家」一般的公會，與你們一起生活走過這段時光，我真的很開心。

我在那個「家」失去了許多，在這個「家」卻重新獲得更多。為此，我非常的感激。

能夠擁有你們這一群家人，真的，很幸福。

▶▶Loading...

第一伺服器

裝置藝術就是要誇張。

Create Dream Online

「荻莉姐，這裡這裡。」

從凝聚粒子中踏出的荻莉麥亞跑向揮手的青玉，觀望了一下四周等待的人，對青玉說：「我還以為我是最後一個。」

青玉莞爾：「扉空哥和米加哥今天比較晚呢，而且連副會長也意外的到現在都還沒上線。」

「那傢伙不是溜到附近去撿寶？」

「不是喔，線上名單裡沒有他。」

聽青玉一說，荻莉麥亞打開名單，確實看見愛瑪尼這名字的左邊小燈是暗淡無光的狀態。

「再等等看吧。如果再晚，我們就先到附近的狩獵區邊練等級邊等。」

青玉才剛說完，細微的涼意颳過臉頰，轉眼望去，藍色的粒子盤旋飛繞凝聚成人形，扉空的身影踏出。

「扉空哥。」青玉揮手。

荻莉麥亞點頭說了聲：「晚安。」

水諸、浴血銀狐和天戀也紛紛對著扉空打招呼。

「扉空哥！」

「扉空哥哥！」

兩個雙胞胎小娃噠噠噠的跑上前，興奮的撲向才剛上線的身影，一人一手的牽著。

「扉空哥哥今天比平常還要晚上線呢。」座敷童子睜著圓眼，好奇。

「嗯……下班得有點晚。」

除了伽米加，其他人都以為扉空是普通的打工族。當然，扉空自己也認為個人身家沒必要說得太多。

今天是《月華夜》開拍的第二個禮拜。因為男主角的角色戲分特別吃重，光是一個場景就拍了五十多個分鏡。除了「等待」與「上場」的時間，另外就是不管因為對手演員或是他自己NG而重拍，多少也耗費了許多時間。

該怎麼說呢？拍MV和拍電影果然相差極大。

MV只需要歌詞和舞蹈，但電影卻是好幾十頁甚至百頁的臺詞要記著，還要揣摩角色的心境與表情，尤其這次又是以夜景項為主導人而拍的片子，不管是表情問題或是臺詞吃螺絲，每次的出錯總會讓他心裡起疙瘩——雖然夜景項完全沒有任何不悅。

除了電影的拍攝外，還有其他以科斯特這個歌手身分進行的相關事宜，包括一些新歌的宣傳及討論。兩個禮拜下來，他總覺得比剛入行時更有些吃不消。

這種公眾身分在遊戲裡能免說就免說，畢竟讓他人知道並無好處。

況且他說「下班」也沒說錯，他確實是剛完成今天《月華夜》的拍攝作業，剛「下工」，換個詞而已。

「我還以為扉空哥今天不會上線了。」枚木童子鬆了口氣，牽著扉空走向其他人聚集的地方，「今天好多人都晚上線，米哥和那個死要錢的都還沒上線……啊，米哥！」

「各位，晚安。」

剛上線的伽米加活力滿滿的打招呼。兩、三秒過後，另一邊憑空出現了白銀的盤旋粒子，愛瑪尼從中走出，伸了伸懶腰，按著肩，動了動頸骨。

「這次的採訪還真是累人……喔，大家都上線啦！」愛瑪尼舉起手，臉上掛著一如既往的燦笑。

「你是最後一位，副會長。」青玉提醒了聲。

「沒關係、沒關係，有到齊就好啦！」愛瑪尼無所謂的擺擺手，無視其他人一臉死目。

多說無益，誰叫他們家的副會長就是這樣的自我個性。

青玉收起無奈的表情，招呼眾人打開各自的任務面板，開始說明接著該進行的任務流程。

公會任務：保衛嵐嵐山。

完成進度：

☑拜訪南港村長。

↓

☑將【神奇香茅】送給阿里不達鎮【摸摸茶餐廳】的【狐狸老闆】。

←

☑將【遺留工具箱】送至【熊熊獵火村】的廣場畫家【熊布朗尼】。

←

☑幫忙【神秘男孩】蒐集燈籠材料：金光蒼蠅的翅膀×【45】、七彩冥紙×【80】、翠竹×【55】。

←

☑蒐集材料：七彩龜甲×【50】、彩鑽星珠×【70】、搖擺鹿的碎角×【120】。送至【史過伊鎮】的美容院老闆【美髮達利】。

←

□打倒棲息在【史過伊鎮】東邊境外山區的魔獸【卡布卡布】，回報【西亞村】的【老村長】。

「從南港村長到熊布朗尼的送貨，再到美髮達利的美容材料蒐集，基本上故事型任務很少超過十項，我推測剩下的任務最多還有三、四項未顯示。」

青玉另外叫出地圖面板，將某區域放大，指著上面顯示的說明文字，解釋道：「我們現在要到達魔獸棲息的境外山區，從史過伊鎮的東邊村口離開後，只有一條路徑可以到達。」

青玉指向右斜前方，繼續說：「地圖上面顯示這唯一的路徑必須要穿過岩穴，在那個方向。

地圖上對岩穴並沒有詳細的說明，因為不知道洞穴裡有沒有藏著什麼，所以大家整裝一下，讓武器保持可以隨時戰鬥的狀態，HP和MP也要補滿，調整好之後我們就出發。」

青玉解說完畢，眾人也開始行動，缺血的補血、缺氣的補氣，就連杴木童子和座敷童子都把長刀長槍拿出來磨了。

看著兩個小孩一邊磨銳武器，一邊嘿嘿沉笑的樣子，不知為何，扉空突生某種憂擾的情緒。

——是不是該找個時間好好的和這對雙胞胎談談呢？

扉空嘆口氣，耳邊也傳來青玉的密語：「**扉空哥。**」

扉空困惑望去。

青玉笑咪咪的招著手，開闔脣，無聲的說著：「**過來一下。**」

看了眼整裝的其他人，雖然有所疑惑，但扉空還是跟著青玉來到旁邊的大樹下。

「有什……」扉空話還沒問完，一雙手搶先做捧珠狀遞到面前。

青玉攤開手掌，一袋用透明小袋裝著的餅乾映入眼簾。扉空眼裡有著驚訝，詢問：「這是……？」

青玉雙頰染上了淡淡的粉紅，眼裡透著晶瑩笑意。

「謝謝你送我髮飾，也救了我，這是回禮。」

簡短的話語蘊含濃厚的情感——滿滿的感謝與尊敬。

感謝他送她髮飾，也在她摔下山崖時不顧自己的安危救了她。

扉空鬆開眉，接過那雙手上捧著的餅乾禮袋，探手至青玉的腦後，他傾身向前，臉頰靠上青玉的側邊髮梢，輕聲道謝。

「嘿嘿……」

青玉俏皮的笑了，額頭抵在對方的頸肩。

從藍色髮絲傳來的冰淡香味讓她放鬆心情，青玉嘟著嘴，小聲說：「扉空哥，你靠那麼近，小心我會喜歡上你喔。」

「我知道妳不會。」

又是與當時在山崖邊相同的肯定句，普通女孩聽見應該會有種自己不值價的生氣感，但不知為什麼，青玉聽見這話完全沒有那種應該要有的表現，反而是種鬆了一口氣的感覺。

「這麼肯定？」青玉笑著反問。

扉空僅笑而不答，揉了揉那咖啡紅的短髮，鬆手離去。

「謝謝妳的餅乾。」轉身前，扉空留下這句話。

望著走向人群的背影，青玉摸了摸頭頂殘留的觸感，脣嘴上抿得好看。

「真是狡猾，居然讓我產生這樣熟悉的錯覺，害我差點就以為他是在摸我的頭呢。」

嘿嘿的笑了聲，青玉抬起頭，枝葉的透影倒映在她那有著動物特徵的臉龐上。

「真是的，結果害我更期待和你見面的那一天了……要快點到來喔！」青玉雙手不自覺的緊握著。

「找到我，找到我藏著的寶藏。」

輕聲淡語，隨著突然颳起的強風隱沒在相互磨談的寬廣枝頭。

青玉壓住狂亂飛舞的頭髮，直到風止之後才鬆手放下。

「哇塞，剛剛的風還真大呢！」天戀撥好亂掉的頭髮，和浴血銀狐互看了眼，對著遠處的少女喊著：「青玉，我們都準備好囉，隨時都可以出發了。」

「好！」

青玉確認自己裝備狀態良好後，彈了下手指，指著某方位下令：「走吧，執行下個任務！」

「喔──！」

活力回喊，一行人也開始按照地圖指示，朝岩穴方向前進。

「誒，剛剛青玉找你做什麼？這餅乾該不會是她送的吧？」伽米加露出賊笑，手肘抵了下扉空的手臂，羨慕道：「你還真是好桃花，這麼順利就勾了一個漂亮妹妹了。」

扉空連白眼都懶得送，隨口回嘴：「別隨便汙衊人家的好意，這是回禮。」

「回禮？」

「謝謝我送的髮飾和救了她的謝禮。」

他很少吃零食之類的東西，除了從小養成的習慣外，最大的原因還是因為他沒有時間可以閒到放鬆的拿起零食這類的東西吃。

以前小時候，母親不會到外頭買零嘴放在家裡讓小孩們閒來無事就吃幾口，不過卻曾親手製作手工餅乾放置在餐桌上的玻璃盤裡，每當他放學回家，就會看見安放在玻璃盤裡被夕陽照得像黃金般的餅乾。

很香，很美，很甜。

直到意外事故發生後，他再也沒有機會品嘗。

在發生了許多事情之後，生活稍稍安定時，他才透過碧琳再次嚐到相似、卻不同味道的回憶食品。那是在醫院的病床邊，碧琳拿著醫生、護士送她的手工餅乾遞到他嘴邊要他吃下，然後他們一人一片的互相餵著，分享整天來發生的趣事。

但他除了工作，發生趣事的機率實在少之又少，也很少覺得某件事情是有趣的，為了不讓碧琳失望，偶爾他會轉述石川跟他說過的趣味事蹟，接著就會看見碧琳睜眼笑開懷的樣子。

他沒漏看那眼裡藏著的期待——想要離開病床到外頭世界相遇各種事物的希望。

——她一定，很想要自己走吧。

扉空捧著袋子的手指微微縮起。

如果可以，他真的寧願放棄一切，成就碧琳一直以來的冀望，但是……

打開袋子，扉空拿起一塊餅乾遞向伽米加。

「要嗎？」

伽米加稍愣，也不拖泥帶水的直接回答：「當然要。」

接過餅乾，伽米加扔進嘴裡一口吃下，嚼了嚼。

他不想放棄這裡，他喜愛這個世界，他想珍惜和他相遇的每一個人、每一份記憶。扉空垂下眼，原本猶豫不決的心情突然多了些重量讓它停止搖擺。

「我已經習慣不能行走的日子，但哥哥你能拋棄好不容易喜歡上的東西嗎？」

雖然他嘴裡說著肯定，但心裡卻是強烈的否定。

「如果能，哥哥你就不會對我問出這樣的問題，你會默默的去做、去施行。」

而碧琳就是看透他的心，比他還要更了解他自己。

他果然無法放棄這裡——美如仙境的線上世界，還有在這裡相遇的所有人。

這般美好的回憶卻得與碧琳的健康做出衡量與抉擇。可笑的是明明他以前一定會毫不猶豫的選擇碧琳，結果現在卻想兩邊都握住。

腳步逐漸緩慢，扉空讓自己行走在隊伍的最末端，手指陷進髮絲揉亂了髮。

他應該要選擇碧琳，應該要的。這明明就是他期待已久的冀望。

扉空抬起雙眼，看著行走在前方的背影——雖然相處不久，卻已成羈絆的朋友。

是啊，這些人是他的朋友啊……

——妳能原諒我嗎？要妳再等上一些時間。

他相信就算不靠林月，也一定能夠找到兩邊都能守護的方法，所以……

——碧琳，將這些人看得與妳一樣重要的哥哥，妳能原諒嗎？

從掌心的袋子裡取出一塊餅，巧克力色的方塊平均分布在對角的餅面形成漂亮的四格圖案，扉空嗅見了濃厚的香草與巧克力融合在一起的香味。

他咬了一口，隨著咀嚼，擴散在嘴裡的是種久違的熟悉味道。

扉空閉上眼，輕聲嘆息。

「味道還真像呢，這餅。」

▲▲▲◎▼▼▼

「照地圖上的位置來看，這裡應該就是入口沒錯了。」

「不過青玉，這裡……未免也有些太……」天戀實在有些難以啟齒，只能心情複雜的觀望眼前這確定是岩穴入口的地方。

還真是個讓人一眼望去就會有種超級複雜感的地方。

為什麼說是複雜呢？

地圖上顯示的明明是個普通洞穴的圖樣，雖然他們早有心理準備實際景觀可能會有所差別，但這也實在是差太多了。

好吧，岩穴是沒說錯啦，眼前確實是一座巨大的岩窟，但是沒必要整體造型做成一座超級巨大的枯骨龍頭吧？

中央以龍頭為主，張開的嘴裡上下排該有的尖牙一顆也不差，兩邊鬚鬚就像張開的蹼面，周圍本該是青青草原的地方不只全被乾枯的雜草取代，連土地也變成死灰般的土質，明顯的被區隔出地域。無數白色的骨骼根根排列在兩旁，宛如目送人進入血盆大口的獰笑死神。

幾隻烏鴉在天空旋飛，翅膀一拍停歇在枯枝上，鮮紅如血的眼緊盯著地上的一行人，尖嘴一張，烏鴉發出嘲笑般的聒噪嗓音。

聽起來還真是不舒服。扉空皺眉，揉揉被摧殘的耳。

旁邊突然飛出一顆石頭擊上烏鴉停息的枯枝。

黑色羽翼張拍，烏鴉邊飛邊發出威嚇的叫聲。

柊木童子手持一把彈弓，弓上晃動的彈皮繩和本人帥氣的弓箭步可以看出來剛剛的石頭確實是出自於他之手。至於原因……大概就是覺得烏鴉叫得太難聽，見不得牠囂張的樣子吧。

杦木童子手指往下眼皮一拉，用鬼臉做反擊。

「那個……這位姐姐，妳不阻止一下妳弟弟嗎？這樣和動物挑釁好像不太怎麼好。」伽米加遲疑說道。

座敷童子眨眨眼，雙手環胸做勢思考狀態，喃喃：「嗯，這樣確實不太好……只有杦木一個人玩說不過去，那我也一起加入好了！」

伽米加還來不及阻止，就見座敷童子拿出一把兔子造型的彈弓，她跑到杦木童子身旁撿起一顆石頭架上彈弓，用力拉——

鬆手時刻，飛速的石頭再次朝向烏鴉噴射而去。

「嘎啊啊——」成聚的鳥群被迫分散。

「嘿！」

「看我的！」

兩個小孩子活像在玩復古電玩「小蜜蜂」，石頭一顆顆毫不留情的擊出，兩人看著烏鴉四亂飛散，玩得不亦樂乎。

真心覺得這群烏鴉頗可憐，好死不死遇上兩個小魔頭。眾大人搖頭兼嘆氣。

在雙胞胎打烏鴉打上癮的同時，其他人也開始探索周遭環境。

龍的嘴裡是一片陰暗深黑。

水諸走近，才剛用手電筒朝龍嘴內照了下，尖銳的回音瞬間從洞裡傳出，下一秒出來接客的竟是一大群蝙蝠！

眾人趕緊抱頭往地上蹲。

如果是一、兩隻倒還好，突然一大群的蝙蝠迎面而來，這壓迫感可不是好玩的，光是那聲波回音就響了一分鐘之久。整群蝙蝠從龍嘴飛出將天空遮出一片黑色區塊，連面對山索時都膽大的雙胞胎也被蝙蝠嚇得彈弓一扔，直窩進扉空懷裡尋求保護。

剛才明明還欺負烏鴉欺負得很開心，現在倒像個孩子了。扉空將懷裡的兩人壓低，無奈的在心中嘆了口氣。

好在蝙蝠並沒有攻擊性，只是因為燈光的驚擾而飛出洞窟，啪啪啪的就這樣整群飛走，朝向天邊一去不回頭。

「嚇死我了！還好不是設定成攻擊玩家的類型，不然這麼大一群蝙蝠根本壓就壓死我們了。」青玉放下遮掩的手，心有餘悸的拍拍胸口，遙望遠處天空拖出一條長尾的黑色塊。

天戀拍著沾上土沙的掌心和襪膝，同意道：「就是說啊！打死我也不想和蝙蝠正面迎擊，光是那毛毛的頭和那細細的爪子，唔喔喔——」她抱著雙臂，打了個冷顫。

浴血銀狐搭上天戀的右肩，認真說：「我可以幫妳打掉三隻。」

「那三隻之後呢？」

「……」

盯著默默轉頭的浴血銀狐，天戀扁嘴：「狐狐真過分，居然要我去迎戰三隻之後的髒髒軍隊。」

「……其實蝙蝠並不髒。」雖然這麼說，但是浴血銀狐完全沒正眼與天戀對瞧，接著嘴唇抿成一條極度嚴肅的橫直線，補述：「但是很噁心。」

「妳最後那句話才是真正想說的吧。」天戀無言，扶額道：「我想這話題就到這邊打住吧。不過狐狐，若之後遇到的不是蝙蝠，而是其他種類的怪物群，妳打完前三隻後，接下來呢？」

問題的意思很明顯，如果今天出現的不是自己不想招惹的生物，浴血銀狐會如何對待她？

浴血銀狐沉默了一會兒，認真回答：「連三隻之後的整支軍隊都一起銷毀。」

天戀一愣，漂亮的粉色嘴脣上彎成月形，瞇眼，她直接撲上抱住浴血銀狐，忽略對方蓋住下半臉的軟甲面罩，親暱的磨蹭她的臉頰。

「啊哈哈，現在的狐狐真的是可愛多了呢！想想剛加入公會時的狐狐，肯定會說出『我沒有幫忙妳的義務』這種回答，還會瞬間贈送冷眼一枚吧。」

青玉笑著點頭，「啊啊，我懂！剛入會時的銀狐真的超冷淡，就算是團隊任務，別人面對的怪物過多時，她也絕對不會出手幫忙，連水諸都超怕接近她。」

「不只水諸，根本就是人見人怕的冷冰山，還是帶尖刺的那種，那時還真是惹了一堆風波呢。」愛瑪尼聳肩補話。

「我哪有！」

「才沒有！」

水諸和浴血銀狐同時出嘴反駁，然後在止話時互相看往對方，隨之偏頭，一個尷尬的搔臉頰，一個默默的看地面。

「哈哈！看，現在默契超好的。」

青玉望向天戀，露出得逞的笑容，兩人相互擊掌。

就在公會舊員互相打鬧調侃時，新成員這群的伽米加則是心有戚戚焉。

「這樣說來，剛認識扉空的時候還真的是撞見冰山呢，也一樣是帶刺的那種。」小聲碎喃，伽米加摸著下巴。

好在扉空正在打量四周環境，所以並沒有特別注意伽米加說了什麼，不然伽米加又免不了一頓冰塊吃到飽的大餐了。

荻莉麥亞站在龍頭前，用指背敲了敲白骨，從聲音及厚實感可以推測出應該是岩石構成的造型，而不是骨骼。

「這邊還長著花呢，不過真奇怪，是白色的。」

座敷童子和杦木童子窩在龍嘴的左方牙縫，盯著那長在牙縫裡的五瓣小花，用手戳了下，不管是花瓣還是花莖都異常堅硬，未動半毫。

看起來應該不是真的花朵，而是石頭做成的造型。

扉空抬頭張望，發現距離自己頭頂好幾公尺高的龍額正中央有一塊用著粗劣手法釘著的老舊木牌，木牌上還用紅色狂草寫著「通往地獄之路」。

什麼鬼通往地獄之路？話說，根本不用特地設置這路口，這個世界處處都暗藏著地獄吧！扉空在心裡吐槽。

不過，看到這張開尖牙利嘴的入口，還真讓他懷念起某個地方呢。

不知道那個大力又霸道的女長老過得如何？那隻大鳥在他之後又嚇到了多少位新手玩家？想想，還真讓人感到有些有趣呢！

頭頂之上，是寬廣的白雲藍天，扉空不自覺的伸手，陽光透過指縫一蔭一閃。

扉空往前走幾步，跨過小短的尖齒，眼前的深處是陰暗且無法透光的黑色調。他輕淺的吸口氣，空氣中並沒有潮濕的霉味，反倒有股類似薄荷的清涼香味。

撥了下遮掩住面容的瀏海，視野從寬廣變回原本的半簾。

扉空笑了。

那是種期待的冒險心性，如同探索未知旅途的孩童。

「好久沒有這種感覺了，是因為在這裡待久了的關係嗎？」

扉空轉身面向洞外，傾斜的光影掩住半面，也將那難得見著的微笑隱藏在陰影裡，金眸所映照出的光輝在暗影下更顯燦亮。

舉起手，扉空指著通道的深處。

「我們，要前進了嗎？」

一圈、兩圈。

好幾圈悠悠黃光從遠處慢慢前行，原本黑暗的空間被照亮一小截。規律的腳步聲裡夾雜著碎石彈落的聲響，迴盪，最終隱沒在黑暗的深處。

「明明前面看起來挺大的，怎麼感覺好像越走越窄？」伽米加搓著鼻子，打了個噴嚏。

看來獸人的特性讓伽米加對洞穴內的空氣過度敏感。

「伽米加，你要不要用面罩捂一下？」天戀指著自己的鼻子，善意提醒：「你已經打了好幾次噴嚏了，再這樣下去說不定會氣管發炎呢。」

「謝謝，但是……平常沒在用，所以我的裝備欄裡沒有面罩這種東西。」伽米加面有難色的乾笑，下一秒又打個噴嚏。

伽米加直接用自己的獸掌蓋住鼻子，免得繼續受空氣刺激，噴嚏打不停。

愛瑪尼賊笑的靠到伽米加身旁，拿出商店目錄，「這位客官，要不要參考看看本小店的目錄呢？不管是大的、小的、造型的、七彩的，各式各樣的面罩本店均有販售，除了人用的，也有獸人專用的，另外動漫周邊型面罩也是本店的特賣點之一呢！」

「有小黑桃的嗎？」天戀不以為意，隨口問。

「當然有。」

愛瑪尼雙手一甩，一塊三角巾面罩出現在兩手中央，表面左斜角的三分之二區域印著一名身穿華麗禮服，擺出拉弓姿勢射出黑桃造型陀螺的黑髮男子，帥氣姿態讓天戀雙眼瞬間變成愛心狀，尖叫了。

「這不是限量周邊『噴發吧！黑桃之最終無限對決！』面罩——！？這是收藏界的夢幻逸品耶！官方只有發行五十套，我那時候連排三天兩夜的隊伍都沒買到，為什麼你會有！？」

「我是誰？我是愛瑪尼耶！有這種收藏的夢幻逸品是應該的。怎麼樣，我可以算妳會員價喔，以《創世記典》1:12000的匯率來算，打上七五折價……再給妳扣掉零頭的優惠。」

愛瑪尼拿出鍍金計算機飛快的在上頭敲打了幾下，轉向天戀。

「算妳這個價錢就好了。」

看著液晶板顯示的數字，天戀瞪大眼，「一千萬！？再便宜點行不行？」

「已經很便宜了，這是全球限量五十套的夢幻逸品耶，外面妳想買還買不到，而且我還幫妳扣掉零頭。」

「可、可是這裡買也不能拿到現實世界當真正的收藏品，而且一千萬……」天戀互扳手指，咬著脣，雖然企圖用勸說來讓愛瑪尼降價，但臉上卻掩飾不住一直拋往面罩的渴望目光。

愛瑪尼挑眉，堅持商人不為所動、要賺就賺到底的本性，無所謂的說：「好吧，既然對價格有爭議，那交易就沒法成立了，這商品我先收起來，等之後讓有興趣的顧客來參考吧。」

眼見愛瑪尼真要收起面罩，天戀也顧不得形象，激動大叫：「等、等等等！」

「怎麼，想買？」

「不、不是……」

「那我收起來了。」

「呀啊啊啊啊啊——」

天戀二度慘叫讓愛瑪尼無言。

「又怎麼了？」

「……讓、讓我摸摸行不行？」

既然無法買入手，那讓她摸一次也無憾！

「喔！摸一次呀，當然——不行。」

「拜託！一秒，摸一秒，不、不然零點五秒也可以！拜託讓我摸一下就好！就那麼一下！」

千託萬拜，愛瑪尼就是不肯應首，天戀一個扁嘴，對於夢幻逸品的堅持讓她無法保持以往的理性及氣質，乾脆直接自己動手。

「唔喔喔喔喔喔——」天戀暴衝飛撲，眼見手指越來越接近她那期待已久卻也悔恨不已的商品……

一切的聲音與動作如同變成慢速播放，白光襯托著那傳奇的面罩。

——就差那麼一點點了，再一點就可以摸到了……咦？

手指抓了抓，雙腳跑了跑，天戀與面罩的距離就這樣停在某個點，不見縮短。

天戀眼睛往上抬，只見愛瑪尼臉掛奸笑，右手拿著面罩晃了晃，左手伸長，而最後掌心的位置剛好就抵在她的額頭上。

「真可惜呢。」

「呀啊啊啊啊——」

天戀傳來第三度的不甘慘叫。

「副會長真是的，不要故意欺負戀戀啦！」

「副會長，就讓她摸一下吧，反正摸了也沒人知道呀。」

在一方混亂的同時，後方的伽米加再度打了個噴嚏，苦著臉：「不是要賣我面罩？怎麼就這樣鬧到旁邊去了？」

白色方巾在眼前晃了晃，伽米加呆愣的從扉空手上接過。

「剛剛撿到的，看你要不要。」

「這種東西哪有那麼好撿……」獅語變貓語，伽米加臉青的看著頭頂石壁掛著的物體，那是下半身被鑲嵌在岩壁裡、只露出上半身的死人骨骸，而他手上的方巾看起來跟那些骨骸身上綁著的還真有些一模模一樣樣。

以愛瑪尼和天戀為中心的小團體還在打鬧，看起來應該是沒發現天頂有這恐怖的東西，不過伽米加卻被嚇了一跳。伽米加拍拍狂跳不已的胸口，明知是《創世記典》慣例的裝置藝術，但他一張臉還是鐵青不少，順便加聲嘖嘖當音效。

「所以，真的是……撿的？」伽米加已經開始考慮要不要把這塊布扔了。

左邊的衣角被拉了拉，伽米加低頭，只見座敷童子將手指併攏靠在臉旁，小聲說：「扉空哥哥在說謊啦！那明明就是他剛剛問我們，然後用糖果跟我們交換的。荻莉麥亞姐姐可以作證喔。」

伽米加望向身後的女子。

荻莉麥亞點點頭，證明座敷童子所說不假，嘴角揚起笑，順便補述：「他用五根棒棒糖和兩個蛋糕換的。」

「荻莉麥亞、座敷。」扉空冷冷低喊。

荻莉麥亞聳了下肩，走向旁邊的石頭隨意坐下，抬頭開始觀望天頂的死人骨頭。

座敷童子抱著杴木童子的手，笑著說：「扉空哥哥就是這樣，偷偷幫人還不讓人說。對吧，杴木。」

「就是嘛，扉空哥都喜歡這樣偷偷做好事。等一下……哈，好像院長在看的那齣連續劇裡面的義賊喔！」

「不對吧，義賊給的東西都是用偷的，扉空哥哥有給我們糖果……」

「喔……嗯，那就是常常匿名捐款的那些好叔叔吧。」

座敷童子一愣，思考了下，點頭附和杴木童子的說法。

被兩個孩子外加一個女人掀了底的扉空整個人很不自在，抬眼瞄去，卻剛好對上伽米加笑賊的眼。

「做、做什麼！？」

「真是的，明明就有心，幹嘛要故意藏起來。」

伽米加將方巾對摺成三角，拉著蓋住口鼻，在腦後打個結固定並調整好高度。他道謝：「謝了，之後我買條新的還你。」

既然伽米加都說要買新的還他，那就乾脆……

「櫻花圖案，三條一組，謝謝。」

「櫻花圖案……不會是你要用的吧？」

「怎麼可能。」扉空送上兩枚衛生眼。

「不然呢？」既然不是他要用，又指定圖案這是……？

停下行走的腳步，扉空用著一副理所當然的樣子回答：「當然是要送人。等這個任務結束，等我和那個人認出彼此的時候，我要送給她的。反正你都說要買，順手接下也沒什麼不好。」

「哈嘖！你這傢伙什麼時候變得這麼會趁機揩油呀！？」

扉空聳肩，「學你的。」

看著繼續前行的背影，伽米加差點沒吐血。

他是叫他有事分享，有話直說，不是叫他學會揩油啊！

靈光一閃，伽米加突然想到了一件非常重要的事情，喃喃道：「不知道到時候兩兄妹見面，那位妹妹發現哥哥變成這副模樣，會不會直接對我大絕攻擊啊……」

冷汗滴下，伽米加決定不再去想這個可能性的問題。

「到時候要是妹妹問起，就當作什麼都不知道。嗯！就這樣吧！」

▶▶Loading...

第二伺服器

黑暗中的虛聲是？

Create Dream Online

一行人進入洞穴已過十五分鐘。

黑到只能靠著小小手電筒照路的狹窄通道終於有慢慢拓寬的跡象，從一路走來的經驗推測，應該距離出口很近了。

「不過，旁邊這些東西還真可愛呢。」

一顆散發著桃紅光芒，像是魂狀物體的東西拍著鰭飄游在青玉的鼻頭前。

青玉忍不住出手輕戳了下，物體有著果凍的觸感，被戳到的地方緩慢內縮成一個凹洞，然後在凹洞回彈的那一刻，形體也跟著變化成與剛剛截然不同的樣貌——像是放射彈珠的太陽。

牽連珠子的線一長一短的緩慢轉動，小太陽往高處飄游。

從路程的中段開始，洞穴的牆壁開始出現了跟人頭一樣大的傘狀香菇，鮮豔的七彩傘蓋沾著淡淡的藍色螢光粉，洞裡的黑暗也開始被不同色彩的小光源照亮，而這些發光的未知生物原本都停歇在傘蓋上頭，直到他們經過時才離開傘蓋跟隨在他們的腳步後方飄游。

原本只有四、五隻跟隨，後來就變成了一群環繞著他們飛。

這些物種的形狀有很多：蒲公英、花朵、太陽、心形、水母、魚類、小小人偶……等。各式各樣巴掌大小的奇形物體，能變就變。

一朵宛如水母、用著開闔花瓣來移動位置的綠光花朵飄到扉空眼前，像是在觀察似的停在一定的距離與位置。

本來扉空不想理會，只要不擋住他的視線就好，豈知下一秒，綠光花朵竟突然靠上扉空額前的冰花！像是被針直接扎進神經的電麻感讓扉空立刻壓住額頭上的花片，腳步凌亂的後退，也因而撞上了水諸。

止住腳步，扉空喊了聲抱歉。但隨即視線又落到前方，眼見那綠光花朵還想繼續靠近他的額頭，扉空只好閃了邊，揮手驅趕那帶給他刺骨寒意的生物。

「扉空先生，你怎麼了？」

好心扶住差點跌倒的扉空，水諸無法知曉扉空的怪異行為。

「你在打蒼蠅啊，不用這樣對待這些無辜的生物吧，看牠們多可愛。」伽米加爪尖戳了下空中的金光魚，只見凹進去的地方回彈，金光魚變紅光豬，他再出手戳，紅光豬變白光烏，他再戳，再變，再戳，再變。

「天啊，這些可愛的小傢伙還真想讓人帶一隻回家呢！」

伽米加分明玩上癮，邊戳著那怪異生物，邊對著扉空露出可惜目光。

「你收了當寵物後別讓牠靠近我，這樣你要收幾隻我都不阻止。」扉空皺著眉，揮開準備再次靠近的綠光花。

「幹什麼歧視牠們，這些可愛的小傢伙會哭哭喔。」

「我管牠哭去……不要靠近我！」綠光花一直想靠近，揮也揮不走的狀態終於惹惱了扉空，只聽他一聲吼，手跟著用力揮，綠光花瞬間被一掌命中飛了出去，摔在角落像顆橡皮球連彈了好幾下。

那是種微弱的摩擦音效，像小孩子的鞋墊，每踩一下就會發出的「啾」音。

小小的，異常刺耳。

「扉空哥，你怎麼打牠們啊！？」

青玉的驚呼讓扉空回過神，看著自己還殘留異樣觸感的右手，才剛望向綠光花朵摔落的地方，卻意外的不見應該在那處的生物。

「啾。」

刺耳的聲音讓扉空回頭，瞪大的金眸映照出一道越來越接近的生物形影——綠色的光，五片花瓣張闔著，緩慢靠近。

扉空想躲開卻無法動彈，只能眼睜睜看著那物體與他的距離縮短到他無法再清楚看見，花瓣變成了柔軟的觸手，深入最敏感的區域。

刺骨的冰寒從額頭的花片竄入全身經脈，一點一滴緩慢的流入，宛如電流通過的刺痛讓扉空忍不住發出慘叫。

但，他發現……什麼聲音也沒有！

是的，他發不出任何聲音。

扉空用力抓住緊貼著他額頭的生物，卻怎樣也扯不開。

好像有什麼東西要被拉扯出來。

好像有什麼畫面在腦裡流竄。

很久很久以前，那個站在廚房煮飯的背影、站著一堆穿著黑衣的人的靈堂、被父親痛打的他們、發燒哭泣的碧琳、那小小髒亂的醫院……很多很多他不願回想，裝進盒子裡上了無數枷鎖的記憶竟在此刻破鎖飛出，清晰呈現，像是無法停止的底片般強迫他閱覽。

「不要……」

「你的妹妹是要一直可憐的住在醫院裡，一輩子只能靠著別人推輪椅才能看見窗外的風景，還是因為哥哥的幫忙，而有一個重新站起的機會……」

塗著鮮紅色澤的性感嘴唇開闔著，屬於女性的手指順著影像輕撫，血色的指甲將底片割出一道大裂痕，裂縫裡，是那道孤單坐在輪椅上無法站起的側影。

他是冰精族，是不畏任何冰寒的種族，但現在流竄在身體各處、侵蝕神經的疼痛卻讓他覺得寒冷，讓他畏懼、發抖。

那股感覺順著血液流過四肢末梢，然後狂奔衝往心臟。

衝擊讓扉空差點昏厥過去。

手臂被人一拉，有人從背後撐住他所有的重量。

「真是的，才一不注意而已，就被這種小東西摻雜進來了。」

那是道很溫柔的聲音，聽起來很年輕，宛如初始之風，卻有著像是長輩般的包容。

這聲音讓他覺得熟悉，他曾經聽過。

一隻手從扉空身後探出，抓住空中飛舞的綠光花朵，手指輕輕的縮握成拳狀，再次攤開，原本該在掌心的花朵卻被漂亮的彩色鳳蝶所取代。

翅膀搧拍，鳳蝶朝著與底片奔跑的相反方向逆飛。

緩慢的，優雅的。

影像上的巨大裂縫在蝶翅劃過時撒出如花粉的彩光，縫口逐漸癒合修補，隱藏在裂縫之下的身影也因為裂縫的合起而再度隱匿。

底片終止迴轉，就連格內的影像也停格不動了。

「差一點就被吞噬了呢。」

——吞噬？

——什麼吞噬？他在說什麼？

遠處傳來了再耳熟不過的音樂。

夾雜著脆鈴伴奏的樂曲，他歌唱過無數遍給碧琳聽的那首搖籃曲。

「已經沒事了……」

某道冰涼的物體貼上他的雙眼，他的額頭。

體內原本奔走的刺痛隨著那股冰涼而逐漸驅散，殘留而下的是一股如同溫潤暖風般的感覺，舒服得讓他想睡。

扉空吃力的睜開眼，一道人形進入眼簾。

在那模糊不清的景象裡，他能辨認的就是那片像是初生嫩草般的綠。

直到眼皮終於重到無法支撐，只能闔上時，遺留在他耳際的是那聲音所留下的話語——有著安撫魔力，宛如歌唱般的輕聲嗓音。

「已經……沒事了……」

重量獲得舒緩，當扉空睜開眼皮清醒時，才發現自己正呈現站著後倒的姿勢，而背後撐著他的是一臉吃力的水諸。

扉空慌張的朝前走了幾步，轉身向水諸道了聲歉，頭都還沒抬起去打量周遭環境，臉頰就被某物體更快的壓緊。

「扉空，你還好嗎？有沒有哪裡少什麼？」伽米加緊張的抓住扉空的頭，左晃、右晃、下低、上抬，確定哪裡都沒少之後才鬆了一口氣，「還好，腦袋還在。」

「你腦袋才滾蛋！」拍開那把他的頭當球晃的獸掌，扉空瞪著伽米加，警告：「滾開！」

「誒，脾氣這麼不好，我也是關心你耶，剛剛你突然慘叫著倒下害我們都嚇傻了。」

「是啊，扉空哥，你還好吧？」青玉擔心的打量扉空明顯難看的臉色。

「突然？那是因為剛剛那隻綠色的花……」摸著額頭，空盪的指尖讓扉空呆愣住了，剛剛本來扯都扯不開的綠光花朵已經消失無蹤，連那股不舒服的感覺也像未曾出現過一樣。

「不見了……？」

「什麼東西不見了？」

「剛剛、剛剛不是有隻綠色的花靠在我額頭……」

「綠色的……啊，你是說那一隻被你甩巴掌的可憐小東西啊！」伽米加終於聽懂扉空的喃喃碎語在說什麼，他無奈的攤手，指著右邊地上那正在搖晃打轉的寵物蛋，說：「如果你想抓那隻小東西當第二隻寵物的話可能沒辦法了，嘶——雖然有點難以啟齒，不過還是要說。剛剛那個可愛的小傢伙被你家這顆白蛋直接一把撞飛了。」

「不只撞飛，還直接用它整顆蛋的重量將那綠光小精靈撞到牆壁上，像是在打蟑螂一樣彈跳壓了好幾下。據我推測，你這隻寵物肯定是個大醋桶。」愛瑪尼小聲補充。

「所以，那東西被這顆寵物蛋打死了？」

「一個渣都不留，灰飛煙滅了。」伽米加吹掉手指上的髒灰。

扉空沉默，嚴肅的表情讓其他人怎麼瞧都覺得不對勁。

——該不會是在惋惜那隻可能會變成第二寵物的小東西吧？不過那隻小東西都已經被打死了，也沒辦法……

「做得好。」

——那倒也是，會生氣是應……做得好！？

眾人皆是相同的表情，瞪大雙眼的吃驚態度。

扉空彎腰抱起寵物蛋，拍打的小翅膀分擔了寵物蛋本身的重量。

「這樣說來，你救了我兩次，謝謝。」

寵物蛋蹭了蹭，拍打翅膀飛離扉空的懷抱，在空中轉圈晃了晃，往前方飛去，似乎在示意扉空繼續前進。

旁邊的奇狀物體已經沒有像剛剛那樣拚命想靠近扉空，而是保持距離跟在外圍緩慢飄游。

「你們……碰到那些東西都不會覺得怎麼樣嗎？」

扉空帶著疑惑的問話，得到的是眾人不解的回答。

「不會啊！」天戀輕輕觸碰距離自己最近的紅光圓球，看了眼同樣戳著白光物體的浴血銀狐，再望向扉空，說：「你看，沒什麼問題啊！剛剛青玉和其他人也碰過，你們有什麼特別感覺嗎？」

眾人搖頭。

荻莉麥亞來到扉空身旁，詢問：「怎麼了嗎？」

「不，我只是……剛剛那綠色的花碰到我的額頭時，讓我想起了很多事情。」

「嗯？這可奇怪了，其他人都沒事。」青玉摸著下巴，思考著。

「扉空哥想起了什麼事情？」

「是吃到好吃東西的事情嗎？」雙胞胎睜著好奇的眼，抬頭直盯著扉空問。

「一定是前女友把送過的禮物全要回來，再順便送上一個巴掌的可怕回憶。」伽米加雙手環在胸前，嘴巴嚴肅扁起，感嘆的搖頭。

「說不定是遇到甜點店周年慶，花一百塊就可以吃甜點吃到飽的回憶……哇～我一直都很想嘗試一次呢！甜點吃到飽。」天戀舔了舔唇陷入妄想，嘴角還有看似水滴的物體流出。

「也有可能是任務目標刺殺失敗，被首領痛打……看什麼看？沒看過人回想電影情節啊！」浴血銀狐冷冷的道。

是沒看過回想電影情節還露出那種自己是當事人表情的人。眾人摸摸鼻子，背身躲開浴血銀狐帶著殺意的瞪眼。

「或許是明知道自己在減肥，卻還是忍不住零食的誘惑，明知道不可以吃下去，還是抓起一把薯條塞進嘴裡。」水諸握著拳，臉上盡是悔恨的淚。

「也有可能是想到被混蛋上司欺壓的日子，沒加薪又減特休，這樣可怕的日子居然還要一天過一天，想辭職又沒法辭……」愛瑪尼雙手捂著臉，語氣悽悽慘慘戚戚。

「或是靈感枯窮水盡，眼見截稿日就在明天，卻還有三十五頁的圖尚未畫完，想擠也擠不出一個畫面，然後看著老爹把茶水打翻在儲存完稿的記憶板上……」荻莉麥亞抱著頭發出無聲的慘叫，簡直就像是遇見人生最悲慘的事情。

環掃陷入自己情緒的眾人，扉空簡直無言。

「其實……有時候我也會回想很多事情。」青玉右手搭上扉空的肩，扯開嘴角，停住本來要脫口而出的話語，改為問句：「所以，扉空哥，你說你想起什麼了？」

「我想……」

九雙眼睛同時射來，讓扉空瞬間卡住話，眨眼瞟向一旁的大傘菇。他動了動唇，說：「忘了。」

「忘了！？」

「怎麼可以忘！快給我想起來！」

「根本就是在吊人胃口吧！」

「害我越來越想知道了。」

「忘了就是忘了……」扉空撇了撇嘴。

眾人眼巴巴的哀怨神情被青玉從中揮手打下。

青玉手扠腰，催促道：「好了啦，既然扉空哥忘記了那也沒辦法，而且大家是不是忘了我們要做什麼？」

「……解任務？」

「對，我們公會任務還沒完成呢！所以閒聊就到這邊先打住，等任務完成後，你們愛怎麼問、用什麼方法逼問都隨你們聊去。現在，立正站好，起步——走！繼續前進！」

青玉命令一下，大家還真的乖乖排成一排，在「一二！一二！」的口令下繼續前進。只是大家的步伐不怎麼一致，有些人還邊跳邊玩，看起來應該是看在青玉一臉認真的樣子下先配合演出罷了。

「記得要答謝我喔。」朝著扉空眨了下眼，青玉笑著跑上隊伍後方跟著，邊喊著「一二」，邊朝著扉空招手要他跟上。

眉尾垂下，扉空快步跟上隊伍，一行人從原本的「一二」口令，變成由座敷童子和枕木童子帶頭歌唱的郊遊歌。

本來已經先飛好幾步的寵物蛋不知何時讓隊伍跟上了，它晃了幾下，降低速度飛著，直到扉空經過時才重新加快拍動翅膀，用著規律的速度跟隨在扉空身旁。

步伐的走動帶動淺影跟隨。

其實，他並沒有忘。只是將那些影像再次上鎖，扔棄到心底的最深處，不願想起。

為什麼他會因為那隻生物而想起不堪回首的記憶？

而那句「吞噬」指的又是什麼意思？

這樣說來，那個人，會不會也是他想像中的一段夢境回憶？

雖然看不清楚樣貌，但他記得對方的聲音，卻想不起來是在哪裡聽過。

究竟剛剛所見的經歷是夢境還是真實，他分不清楚。唯一在這恍惚中讓他確認的真實，是殘留在心底的那一句……

「已經沒事了。」

那句讓他心裡揚起暖意，無理由感覺到放心的話語。

▲▲▲◎▼▼▼

隱蔽於枝葉下方的地洞傳來了扒土的細音，表面刻印著電路紋圖的白蛋拍著翅膀率先從地洞飛出。

一隻手、兩隻手……青玉手腳並用，用著不太優雅的姿勢從洞裡爬出。一踏上鋪滿翠綠青草的地面，臀尾的厚捲軟尾抖落沾染的泥土，深吸一口睽違的新鮮空氣，她握拳喊了聲「YES」。

地洞再次傳出聲音，青玉趕緊握住那探出的手。

天戀在同伴們半推半拉之下爬出洞口，緊接她後方的是直接攀著土邊、踏著俐落腳步而上的浴血銀狐。

「恭喜～出關了——」

青玉高舉雙手歡呼，和天戀、浴血銀狐相互擊掌。

「可終於走出來了，再弄下去，我的腰都快斷了。」愛瑪尼揉著用刺痛來表達抗議的腰部，開始左扭右扭的做伸展運動。

本來以為變寬敞是即將到達出口的表徵，誰知道那竟然是誤導。

一行人走沒多久，寬敞的通道又再度變為窄小，不只如此，走道的角度開始變得有些陡斜，就連高度也開始縮減，眾人在沒辦法之下只能從直挺挺的走著變成彎腰，再變成跪地攀爬，最後變成匍匐前進。

水諸和伽米加中途還一度因為通道窄小而差點卡住，要不是隨行的寵物蛋用著「略顯粗暴」的彈跳撞擊來將兩個卡路的撞到寬路上，可能一行人就會這樣卡著動彈不得了。

一路下來，著實苦了他們。

幸好，在所有人快廢腰廢腿的時候終於到達通道的盡頭，只是不知為何洞口卻變成在九十度直立的頭頂上方。

將兩個小孩子和荻莉麥亞推出洞口，再幫忙撐起水諸，讓其他人將爬洞困難的胖潤男子拉出洞穴後，伽米加雙掌交叉疊放在膝上，對著扉空說：「換你。」

扉空也不遲疑，直接踏踩上那厚軟的掌心，抓著土邊突出的樹根，在伽米加的使勁和幾隻手的拉力幫忙下，輕鬆的離開了洞穴。

最後上來的是伽米加。

「總算脫離苦海了。」伽米加拍拍手掌的塵土，解下方巾，在打了個噴嚏之後揉揉鼻，嗅了嗅，哈哈笑說：「果然還是新鮮空氣最好了。」

「一路上辛苦了。」青玉拍拍伽米加的肩，再拍手讓大家將注意力放在她身上，說：「接下來我們就在這裡先休息一下，再繼續出發前往境外山區，OK 嗎？」

「當然 OK！」

異口同聲的說完，大夥兒瞬間全癱了。

看雜誌的看雜誌、打滾的打滾、擺餐巾放餐點的、抓蝴蝶的抓蝴蝶。只要是休息機會大家都愛，絕對沒有人會反對。

扉空挑了塊陰涼的地方坐下，看著完全放鬆當成是來野餐休息的其他人，伸手壓著肩膀動了動僵硬的關節。

風很涼，讓人感覺很舒服，也吹走一路累積的緊繃。

草皮裡生長的小花隨風起舞。寵物蛋拍著翅膀停靠在扉空的鞋頭前，轉了個圈，彈跳幾下。

不知道是不是錯覺，他總覺得蛋殼上面的裂痕好像比之前多了幾條細小的延伸。

扉空伸手摸了摸蛋頭上的裂痕，寵物蛋也不怎麼躲，絲毫不怕裂痕會因為重量而裂得更大，反而自動蹭了蹭那掌心。

樹葉因摩擦傳來窸窸窣窣的聲音，讓扉空聽著聽著都有點想睡了。

「……」

——好像有什麼聲音……

「真是意外，居然會在這裡遇見……」

——有人在說話……有人！？

扉空猛地站起，驚動了原本平穩的寵物蛋。他往前跑了幾步，回頭上望，只見茂密的大樹枝葉裡藏著一道人影。

小麥膚色的手從暗紅披風裡探出，將蓋頭的斗篷拉下，露出帶著殘酷笑意的男性臉龐，如火焰般的紅髮狂亂披散，異樣色澤的眼透露出令人畏懼的強烈魄力。

「被發現了呢，不過這樣也好，剛好有理由可以動手……」

男子舉起手指，拇指與中指摩擦彈聲，地面瞬間竄出白色的物體，如鐮刀般迅速朝著扉空飛襲而去。

瞳孔映照出骨爪銳利的光，在回過神的那一瞬，扉空趕緊往旁邊跳開，只是沒想到凶器還是在他臉頰上劃出一道細長的傷。

藍色的斷髮飄落，扉空也因為凌亂的步伐而摔倒。

「扉空！？」

伽米加狂奔到扉空身前張手護著，狠瞪著發動突襲的男子，喉嚨發出低厚的獸鳴。

「哼呵呵呵……」

那是種卡在喉間的低笑，帶著輕藐以及無法理解的濃重情緒。男子從枝幹上跳下，身手俐落的穩站在草坪上，他抬起頭，藍與金的雙眼與銅鈴般的獸眼相對。

熟悉的面孔讓伽米加愣住了。

「怎、怎麼會……麥格？」

試探性的喊了某個名字，卻見對方扯動嘴角，這讓伽米加確定眼前的人確實是自己記憶中所熟識的那一人。

扉空狼狽起身，發現了兩人之間的不對勁。

——伽米加和這傢伙認識？

「扉空，你沒事吧？」

一行人跑到扉空身旁，發現扉空臉上的傷，紛紛朝向紅髮男子發出戰意。

「紅色的顯字……」率先發現某處不對勁的青玉低聲驚呼。

扉空一愣，仔細觀察，終於注意到男子頭頂上那暗色紅光的字體。

他記得之前伽米加對他解釋過，好像是名聲過低、出現在血榜上頭的人才會有紅光直接在頭頂顯示遊戲ＩＤ。

如果他的記憶沒出錯，那麼眼前的人是血榜的排行者，而且……

扉空盯著那人頭頂上的名字看，眼裡出現不解，因為那人的頭頂上正顯示「炙殺」這名字。而荻莉麥亞所要找尋的那個人，不正是「炙殺」！？

「炙殺？是荻莉麥亞姐在找的……？」

枚木童子和座敷童子互看了一眼，同時抬頭望向荻莉麥亞。

伽米加也跟著驚訝回望。

扉空納悶的看著身旁的女子，卻見荻莉麥亞臉上的表情是困惑大於驚喜。

這就怪了，荻莉麥亞不就是要找「炙殺」嗎？怎麼好像她完全不認識對方？扉空滿腦子疑問。

伽米加將視線放回炙殺身上。

先不論這人是不是荻莉麥亞所要找的人，但眼前的面孔卻是他記憶中所熟識的。曾經比任何人都要溫和的「他」為什麼會變成血榜的第一名？天知道他到底殺害了多少名玩家才讓自己變得如此！

伽米加內心掙扎著，難以置信。

炙殺雙手一攤，輕佻鄙視，在視線對上伽米加時嗤之以鼻：「喔呦呦，那些人就是你的團隊夥伴？還真是凶悍呢，那些眼神。」

「不過你還真是好意思。交朋友、成群結隊……居然，還笑得出來。」

話語哽在喉嚨，伽米加咬著牙，為了壓抑情緒而握緊的拳讓身子也跟著顫抖。

「你為什麼會在這裡？」伽米加好不容易才吐出問話。

「為什麼？」

炙殺噗嗤一聲，猖狂大笑，他瞪向伽米加，眼裡是無法看透的扭曲。

「這句話應該是我問你吧！為什麼，你會在這裡？把小鳳害成這樣的你，有什麼資格讓自己那麼快活！」

「我不是……你明明知道……」

「我只知道小鳳變得那麼悽慘，全是因為你，沒有其他理由。」

冰冷的話語是強逼他再次面對自己醜陋罪惡的獠爪。

伽米加想解釋，卻無法說出任何話語，襲擊全身的是深重的無力感——對於過往的自己所鑄成的每一項錯。

炙殺眼神一凜，露出嘴角幾乎扯到臉頰的笑，下一秒右手高舉，如同指揮般的用力舞動，比剛剛大上三倍的骨爪瞬間從他身後飛出，朝向前方的人飛擊而去。

▶▶Loading...

第三伺服器

小心！炙焰殺機！

Create Dream Online

「為什麼……為什麼你不肯愛我？」

──我愛妳，但，不是男女間的愛，我一直都把妳當成妹妹般的疼愛。

「……是我不夠好？」

──不，妳很好，真的很好，只是妳所要的那種愛，我真的真的無法給予。

「你明明知道我一直都愛著你。我要的很簡單，只要你永遠看著我一人，永遠留在我身邊，我要求的不多，為什麼你的心還是不願留下來呢？那麼，如果我死在你面前，你就會……永遠將我留在心上，永遠只記住我一個人了吧。」

囂鳴的車聲幾乎將耳膜震破，川流的車息因為劇烈的撞擊而停下，有尖銳的剎車聲、拚命狂響的喇叭，還有路人的尖叫。

──為什麼，為什麼一定要用這樣的方式來讓我記得妳？

──為什麼一定要用如此偏激的方式來要我愛著妳！

──我對妳有著如兄長的疼愛還不夠嗎？為什麼妳要強求無法實現的感情，要用這種方式來讓我們大家都痛苦！

──我無法愛妳。

──這輩子，我也無法再愛上任何一個人。

那道與記憶中呈現反差映著扭曲恨意的面孔，讓伽米加明見攻擊卻無法移動腳步分毫。

他知道對方會變成現在這樣都是他的錯，是他的疏忽與輕率讓那個人的人生驟然劇變，也讓那記憶中總是露出笑顏的面孔現在只能徒留沉寂。

或許，這段日子以來，他求的就是一個解脫吧。

如果這樣能讓「他們」重新回到以前，如果這樣能消除困住他的障，那麼，就算自己這樣死了也無所謂。

「你在發什麼呆啊！」

身後傳來怒吼，背後的衣物被人用力一拉，伽米加頓時摔往旁邊，而原本要正面擊中他的大型骨爪就這樣驚險的從頭頂掃過。

伽米加抬起頭，眼角瞄見的是一層藍，如天空般的顏色，還有那張一點都不像男人該有的精緻面容。

扉空金色的豎瞳正冒著熊熊烈火。

然後，一拳正面迎擊！

「唔喔——！」

獸人抱著臉發出痛苦的哀鳴。

施暴者則是揉了揉有些發麻的拳頭，破口大罵：「你到底是來救人還是來被人救？看見那鬼東西飛來還不閃，你瘋了啊你！」

比起伽米加那副根本就是想找死的樣子，扉空很是冒火。剛剛這頭獅子和那個莫名發動攻擊的傢伙對看的樣子，明眼人都看得出來兩人之間肯定是認識，而且照這種凶狠的攻擊來看，肯定是仇家。

不過，仇家恩怨什麼的跟他沒關係，別人的家務事他也不想管，話雖如此，但看見自己認識的人居然站在原地不動，這種明明白白的自殺行為就是讓他覺得火大！

「扉空哥、米加哥！」

青玉扶起伽米加，瞧了眼面露不悅的扉空，對他扯了抹尷尬的表情，見對方沒有反對的意思後，她才對著伽米加明顯印著紅印的臉施行了治癒術。

「你們沒事吧？」

「嗯。」扉空點了下頭，起身瞪向樹下的紅髮男子，手指觸摸臉上的傷口，瞬間的刺痛和指尖上的鮮紅讓他皺起眉，很是不爽的問：「我和你肯定不認識，為什麼突然攻擊我？」

居然用了「肯定」，而且還是火大的口氣，看得出來扉空的心情是真的低到一個極點了。炙殺的表情出現微妙的變化，打量著扉空好一會兒，指腹摩娑著下巴，回答：「我們確實不認識，攻擊你的原因……沒有。我喜歡殺誰就殺誰，喜歡攻擊誰就攻擊誰。原因？根本不需要那種東西。」

「你別太過分了，什麼叫沒有原因！根本就是存心找碴！」心直口快的天戀直接破口大罵。

旁邊的兩個雙胞胎也紛紛怒喊「壞人！爛大人！」之類的情緒詞句。浴血銀狐和水諸的臉色也好不到哪裡去，但較為理性的兩人還是抓著衝動三人組的肩膀，示意冷靜。

荻莉麥亞凝重臉色。

愛瑪尼收起了笑臉，嚴肅的盯著前方的囂張人士。

扉空的臉色陰沉得難看。

「如果真要說出一個原因，大概就是剛好看見你們這群人出現，而距離我最近的就是你，我本來只是想隨便弄個小傷開心開心就好，不過可惜的是……碰巧你們的隊裡有我最不想看見的人。」瞥向伽米加，炙殺冷哼：「臉皮還真厚，居然還有臉戴著那條項鍊。」

頸部的火焰墜飾輕微晃動。伽米加起身穿過人群，與炙殺面對面。

「難怪你會這樣對待小鳳，原來是你一開始就口味奇特。你，很在意對吧？」炙殺手指筆直的指向扉空。

伽米加一愣，慌忙解釋：「你根本就誤會了，你明明知道我對小鳳本來就……」

「閉嘴！」

高聲怒吼喝止伽米加繼續說話，炙殺咬牙，一字一句都夾雜著無比的恨意。

「偽善的傢伙，你從以前就是這樣。我，愛小鳳比你要來得多！就算知道她愛的是你，只要她開心，我怎麼樣都無所謂。但是只有你！只有你敢將她傷成這副模樣，是你毀了她的未來、希望、還有一輩子！讓我們所有人只能痛苦活下去的是你！」

伽米加講不出任何反駁的話語，只能任由對方不停的控訴，將一直以來的怒氣往他身上扔擲。他知道，是他的輕忽大意毀了一切，但是他真的從來沒有想過要傷害小鳳，真的沒有。

「所以，小鳳無法獲得的，你也別想擁有。你毀了小鳳，我……」炙殺雙眼緊盯著那道藍色身影，他挑眉，扯起嘴角，「就毀了你想擁有的。」

發現到對方的目的，伽米加趕緊抓住炙殺的手低吼：「別把不相關的人拉進來，麥格！」

炙殺打掉伽米加的手，瞇起眼，滿是不屑。

「你，沒有那資格叫出那名字，那是只有小鳳和我們的『那一位朋友』才有資格喊出口。而你，偽善的說謊者，你只能和這裡的人一樣，稱呼我為『炙殺』。」

炙殺冷聲一笑，「這全都要拜你所賜，因為你，我才有那份動力讓自己變成《創世記典》裡最凶殘的血榜第一人。」

炙殺朝前逼近，而伽米加卻是步步後退。

「從今爾後，我不會再任由你恣意妄為戲耍別人的人生。」

「我從來就沒有想要毀了誰的人生，從來就沒有！我一直都把小鳳當成是妹妹，一直都是。而你，你明明也知道。」

伽米加吐出的話夾雜辛酸與痛苦，任誰都不想要別人因為自己而受到傷害，他也從來沒想過要傷害誰，只是他說出口的話，當時的「她」與「他」都不願聽。

扉空觀望兩方，腦袋正在努力釐清目前的狀況。

他看荻莉麥亞的表情，感覺像是變成了所找非人的結果。反倒是伽米加和這名「炙殺」完全可以確定是熟識，不只如此，兩人之間還有著極大的問題，是愛恨情仇的恩怨整個攪在　塊兒的那種。

還有，那個人為什麼一直瞪著他看？

他很肯定自己絕對沒有參與過他們的人生。

臉頰傳來冰涼的觸感，眼角觸及綠色的光輝，扉空發現是青玉在幫他治療臉上的傷口。

「謝謝。」

「不客氣。」

扉空摸著臉，沒有再感覺到刺痛，傷口的異樣觸感也消失了。

扉空望向炙殺，只見炙殺再次舉起手，彈了下手指，從「00:20:00」開始倒數的數字出現在上空，無數個透明水波紋如同圍牆般於四周出現，環繞出一個區域範圍。

才剛揚起不好的預感，連戒備都還沒架起，下一秒，數不清數量的骨爪瞬間從水紋裡狂竄飛出，朝著區域內的既定目標開始展開追擊。

「住……！」伽米加話還沒說完，一隻比他身體還要更龐大的骨爪瞬間從旁竄出將他撞翻，重重的壓住他的身體，將他卡死在爪下。

伽米加用力拉扯卡在頭肩之間的骨爪，但骨爪卡得死緊，讓他無法使出全力抗衡。無數的骨爪朝夥伴們飛擊而去，眾人四散逃竄，紛飛的沙塵讓伽米加看不清楚有沒有誰受了傷，無法動彈令他發出怒吼。

「快住手！麥格！」

「說了你沒資格叫這名字！」走到伽米加身旁，用力朝著他的臉踢了一腳，炙殺單手扒起凌亂的瀏海。

「有沒有一種深重的無力感？看著在意的人在自己面前受苦受難，自己卻只能眼睜睜的看著，什麼都做不了。」

往下一蹲，炙殺低低的笑了。

「我不想知道你怎麼想，因為那已經不重要了。只是我想不到，以你的個性應該會選擇好看一點的皮囊，結果居然是這副畜牲模樣，這可真是讓我大感意外呢。」

「這是我們兩個人之間的事情，不要，牽扯，其他人。」最後七個字伽米加語重如鉛。

「喔，不要牽扯其他人……除了這種表現出自己一副大義凜然、最好最善良的話，你還會說什麼？」

炙殺不屑的努了努嘴，起身用力朝伽米加的臉再度踢了兩、三腳，看著對方痛苦的樣子樂此不疲。

▲▲▲◎▼▼▼

塵灰讓扉空咳了好幾下，才從地上爬起來。

剛剛還來不及反應，一堆骨爪就這樣突然飛來，搞得一群人是直接四處散逃。落空的骨爪勾起一堆沙土，加上風吹拂，就變成這種看不清楚四周的結果了。

扉空用手胡亂搧著，沙塵比剛剛薄了些，隱約可以看見一些影子，周圍也傳來一堆物體相互撞擊的聲響，他腳步轉著四處張望，想找出其他人的位置。

突然，劃破空氣的聲音傳進耳膜，扉空叫出鍵盤就是轉身一擋。

「喀！」

一把刻著星象圖騰的寬曲長劍搶在扉空之前率先擋下攻擊。

扉空看著身前的背影，錯愕：「天戀……？」

天戀擋在扉空與骨爪的中央，將攻擊硬生生擋下，骨與刃的摩擦產生尖銳的音響。跨步站穩，天戀咬牙死命的將力道集中在緊握的劍之上，返身揮劍，牽引全身力道的劍刃將骨爪用力砍開，彈飛出去。

但攻擊並沒有因此結束，天戀踏步側轉，橫劍擋下緊接而來的飛爪。

一個，兩個，三個。骨爪依序攀咬住劍身。

迫不得已，天戀抽出另一把短刀，揮砍斷擋，頭也不回的喊道：「扉空，快去找伽米加！」

「但是妳……」

「現在不是糾結這種事情的時候，我們都看得出來那瘋子是針對伽米加，現在最重要的事情是找到我們的夥伴，站在他身旁、成為他的後盾才是！」

天戀的低吼讓扉空一震。

——找到我們的夥伴，站在他的身旁。

「我不管他們有什麼恩怨，現在伽米加的處境一定比我們更危險，不論如何都要先找到他。你能做到，對吧？」

「……我知道了，我去找他。」

天戀輕吐氣，側臉對著扉空露出漂亮的笑容。

「那就交給你囉，夥伴。」

「……嗯，交給我吧。」

揉揉額讓自己收起一些理性，扉空選定了一個點，邁步跑進沙霧裡。

天戀收回視線。無數骨爪從身旁劃過，衣服與膝襪被劃出破痕，但天戀並沒有因此退縮，她深吸一口氣，低喝，奮力將長劍朝地上一砍，劍鋒砍斷了與地面接觸的指骨，失去支撐的骨爪鬆脫落地。

同時，星辰般的光輝聚集於刀口前端。

「Radiance of Galaxy（星辰光輝）！」

雙邊刀劍用力下揮，金色的劍光往前橫掃，勢如破竹的將整排飛來的骨爪擋在半空，與光芒接觸的骨面逐漸融進光輝，最後化為點點細光消失。

「我可是先聲明，星靈的子民可不是你們這些髒東西能碰的。」

將短刀反扛在肩上，天戀一臉傲容。接著她轉頭望向某方，併攏五指靠在眉梢。

「不知道其他人怎麼樣了……不過有狐狐在，應該也不用太擔心。」

調整握著刀劍的手勢，天戀望向濃煙瀰漫之處，笑了下。

「在扉空面前都說了那麼帥的話，接下來可就真的不擋不行了呢。」

天戀移退右腳，紮了個穩步，閃爍著星辰的眼映照飛來的無數骨爪，她低喊了聲，邁步衝入爪陣，俐落的穿梭在各個凶器之間，劍端橫向一揮，耀眼的光芒再次展現。

浴血銀狐察覺遠處揚起的爆炸與金光，不用看也知道那是誰的攻擊。既然天戀都出手了，那麼她也該開始認真了。

一個翻身射出刀鏢撞下凌空飛來的骨爪，雙手轉指抽出兩把不同刀型的匕首，將罩口拉高，浴血銀狐眼裡映照出與刀器相同的冷光。她左手抽刀，動作飛快到肉眼幾乎看不見的速度，三兩下就將朝著她與水諸擊來的骨爪打落。

放下護頭的手，水諸看著那透出令他畏懼的殺氣的身影，嚥了口唾沫。

在公會裡與浴血銀狐初見面時，不知道為什麼，明明就是個女孩子，但是身上散發出的卻是孤冷的殺氣，令他畏懼。直到一段時間過後，或許是和大家相處了一陣子，那股冷意才慢慢的不見了。

不過他很清楚，那股冷意不是消失，只是隱藏起來。其實他一直都知道，她與他們背負的東西並不相同。

「銀狐……」

「胖豬，顧好你自己。」

扔下簡短的話語，浴血銀狐瞬間不見，接著四周各處便傳來撞擊的悶音，原本要打在其他人身上的無數骨爪幾乎同時不知道被什麼東西撞開。

銀狐很強，這是公會裡每一個人都清楚明白的事情，不，應該說……

因為體型大又動作慢吞的他，很多事情都無法跟上大家，也沒有其他人的堅強與勇敢，但是現在，在只剩下他一個人的時候，他又能做到些什麼？

他想知道。

水諸站起，摘下揹著的金弓，弓端雕刻著展翅奔飛的蝴蝶。他探手至後背的箭袋抽出一枝雕刻華麗的紅色細箭，群飛的金蝶光影隨著拉弓架起的動作而展現。

巨大的鳳蝶展翅，停駐在水諸的頭頂。

「我也有我能做到的事情，對吧，庫羅。」

「嘟嚕嚕嚕——」

像是在為主人加油打氣，鳳蝶發出高鳴，搧拍著翅膀飛往上空，降下七彩的粉末。

沾染粉末的弓與箭散發出不尋常的光芒，水諸抓著箭尾的手指向後拉到極限——

一個定神，渲染彩光的箭身朝骨爪飛來的方向射出！

槍擊的彈響在另一頭傳開，空中的骨爪紛紛爆出火花，燃燒成灰燼碎散而落。

荻莉麥亞手上各持一把長槍和短槍，朝前瞄準某個焦點。

巨大的紅色圖陣以槍口為中心出現，如時鐘般的順時針旋轉，熱氣將那頭漂亮的朱色頭髮吹得狂亂。

「Comet storm strike（彗星連擊）！」

扳機扣下，在雙子彈接觸到圖陣的同時，取代射出的是無數的凶猛紅光，如同散彈般朝聚集而來的骨爪瘋狂射擊。

攻擊引來震動，煙霧瀰漫。

觀察著前方的戰況，即使骨爪從腳邊削過，愛瑪尼依然不動分毫，只冷靜的喊了聲：「小青玉。」

兩手分別拉住想掙脫並加入戰場的座敷童子與枚木童子的青玉，屏息凝氣的看著前方。

「妳沒有適合實戰的術法，好好找個地方躲起來。」

「我、我可以用橡果……」

「用妳那兩顆小橡果敲死前面那頭瘋子嗎？別傻了，小青玉，現在的情況和之前不一樣，這可不是任務旅途該出現的怪物呢。妳應該也得看出來對方的等級很高，最重要的是他不看重人命，和這種人對上絕對不是明智之舉。」

「但、但是……啊！座敷、枚木，快點回來！」

眼見兩個孩子掙脫自己的手，跑進前方的戰場，青玉慌忙的想追上去，卻被愛瑪尼擋住。

「不要每次都說太危險！我們不是一個團隊嗎？我也是公會的一員，現在要我站在這裡看著大家戰鬥卻什麼都不能做，我不要！」

「青玉，別任性了！」

「我才沒有！」青玉用力甩開愛瑪尼的手，扁著的嘴臉幾乎快哭了，她吼著：「之前的任務我都有幫忙，現在只是一個比較強的玩家而已，只要大家同心協力，可以贏的！而且我的職業是來治療大家的傷，如果不能幫忙，那麼我的職業根本就沒有存在的意義！」

用手背抹了抹透出酸意的鼻頭，青玉別過頭。

「我不要再像在現實的時候一樣，什麼事情都要靠別人，只能靠著那個人來保護我，我不要當個什麼都做不到的廢物，我不要！我不要！我不要！」

像是要宣洩般的吼完，青玉紅通通的眼死瞪著愛瑪尼，臉帶堅決，不容反對。

什麼時候小青玉變得如此難搞啊……愛瑪尼心裡無奈的嘆息。

煩躁的搔了搔頭，瞧了眼少女不改意志的雙眼，在嘆了口氣之後，愛瑪尼只能妥協，「那麼妳能答應我保護好妳自己，不受傷吧？」

青玉用力點頭。

愛瑪尼挑眉，扔出一個物體。

青玉趕緊伸手接下，掌心中是一個金色的耳環，她驚訝道：「增幅器！？」

「先借給妳，妳知道怎麼用。但我要提醒，這東西雖然會加強技能的威力，但是也會耗掉平常技能的三倍點數，如果沒有斟酌好，把氣力耗光會動彈不得的……」

他話還沒交代完，巨大的爆響撼動天地。

熱氣的旋風捲起沙霧，視線瞬間變得清晰。

前方的紅髮女子舉著變形的大型槍械，從位置與距離來看，剛剛的爆炸應該是荻莉麥亞的攻擊所造成。

看著那道正在喘息的背影，愛瑪尼暗叫一聲不好，跟青玉交代了聲「顧好自己」之後，便跑到荻莉麥亞身後接住往下跌坐的她。

荻莉麥亞身上有許多處大大小小的傷口，鮮血染紅了衣服，也刺痛愛瑪尼的眼。

「真蠢，那麼拚做什麼。」

叫出傷藥，愛瑪尼讓荻莉麥亞靠枕在他的肩上，拇指彈開軟塞，將瓶口遞到那蒼白的唇間餵她喝下。

戴著皮套的手舉起，握住那拿著藥瓶的手，荻莉麥亞翠綠的眼眸隨著眼皮的睜開而注視著眼前的臉龐——沒有以往的嘻皮笑臉，只有苦澀。

「別拿自己的生命開玩笑，小姐。」

「……我以為我要找的人是他，但我發現我錯了。」荻莉麥亞接過藥罐，緩慢的喝完，輕咳了幾聲。傷口不再像剛剛那樣的疼，氣力也補回了許多。

抓起槍械再次站起，荻莉麥亞扒開凌亂的髮，托著槍身的手微微顫抖。

「那個笨蛋是不會做出這種事情的。結果一切歸零，我不確定他是不是在這裡，也無法確定他叫什麼名字了。」

「為什麼要那麼堅持？找到那個人真的有那麼重要嗎？」

為了要找尋那個人，她奔跑在各個遊戲間，就只是為了找到當初與自己相識、相戀的那個人。為什麼要如此的堅持，她找不到答案，但有一件事情她非常的清楚。

上了膛的槍壓低了些。

「因為那傢伙還欠我一個答案，我要清楚的知道那個答案。」

「妳想要知道什麼？」

荻莉麥亞回頭注視愛瑪尼，對方眼裡的複雜情緒讓她微愣，好像有什麼東西令她覺得熟悉……搖搖頭，她撇開眼。

現在不是想這些事情的時候，現在她應該要做的是將目前的混亂狀況壓制下來才是。

遠處的煙霧散開，荻莉麥亞剛抬起眼，便看見了熟悉的背影被一隻手制住行動，貫穿後背的劍傷染紅衣物，令人心驚。

「扉空！」她忍不住高喊。

頓時，所有人的目光皆移了過去，無一人不錯愕。

荻莉麥亞憤怒的朝向天空迎來的攻擊開了一槍，火星炸開散落在地。她咬著牙，恨恨的吐出話語：「那傢伙，絕對不會是你這畜牲！」

即使擁有相同的名字，但那個人絕對不會這樣輕易的傷害他人，所以眼前的這個傢伙，絕對不是她所要尋找的那個人。

「嗶、嗶、嗶、嗶——」

天空的倒數歸零，在幾聲細微的規律聲響之後，原本要再竄出的骨爪停止了動作，伸出的骨爪緩慢的縮回原處，水紋晃動了兩、三圈，從空中消失。

將槍械轉換成狙擊槍型態，莰莉麥亞架好槍，將準心對準在炙殺獰笑的嘴臉上，毫不遲疑的扣下扳機。

子彈從槍口射出，朝著目標飛馳而去。

從天巒那裡告別之後，扉空拿著鍵盤抵擋閃躲胡亂攻擊的骨爪，邊用隊員位置圖朝著伽米加所在的方向找去。

這種無差別的攻擊真的很惹人厭，凶器強力就算了，數量還數都數不清，本以為打完了，豈知還有下一波，搞得一堆沙土飛來飛去看都看不清楚。

——有這技能的職業還真是該死。

對《創世記典》的職業還沒完全了解透澈的扉空只能這樣在心裡做出謾罵。

看著地圖，扉空抬頭張望，在逐漸變稀薄的沙霧中，他看見了那顯眼到不行的紅色披風。

——是炙殺！？

——那麼伽米加在……

扉空眼睛眨了又瞇，視線往下落，白色的巨型骨爪下壓著一個人，雖然只露出一顆頭，但也夠知道是誰了。

結果伽米加居然被困住了。

雖然從伽米加剛剛的自殺行為來看，扉空已推測出如果對方真的很糟糕的和炙殺對上，大概也是傻傻的讓人K的那種，但結果還真不出他所料。

看伽米加毫無招架被踹的悽慘模樣，扉空抓著鍵盤的手掐得死緊。

這段日子雖然他嘴裡、心裡老希望有人能把這頭囂張的獅子拖去修理，但沒想到親眼目睹他被人修理時，卻有種極度的不爽感。

也許，他並不像自己所想的那麼討厭對方吧。

小小的吸口氣，定下心，扉空抓著鍵盤就這麼衝出沙霧，朝著炙殺衝去。

似乎是沒料到會有人衝過來，炙殺先是一愣，隨即舉起手臂擋下鍵盤，堅固的護甲與鍵盤對峙著。

扉空雙手用力往下壓制，顫抖的板面與護甲擦出尖銳磨音。

但這樣的僵持並沒有持續多久，只見原本下壓的鍵盤竟開始微微上舉，炙殺一個揮甩，護甲彈開鍵盤。

扉空腳步狼狽的退後跌坐在地，吃驚自己用盡了全力卻還是不敵對方的強勁力道。

「扉空！？」

伽米加用力扯著限制自己行動的骨爪，但不論他如何掙扎，骨爪還是死卡著不為所動，這讓他憤怒，朝著向扉空走近的炙殺瞪吼著：「說了這是你我的事情，別扯進其他人！」

瞧了眼伽米加激動的樣子，再打量翻身抓過武器爬起的扉空，那可笑的物品讓炙殺發笑。

「你不會認為用這東西可以打敗我吧？」

「……我也不認為光是用鍵盤砸你就可以打贏，不過……」

手指按下鍵盤上的「F2」，黑白的琴鍵瞬間取代武器原本的樣貌，環繞在扉空的身周。指腹撫過鍵面，扉空十指高舉用力彈下——

「轟！」

和弦震動空氣，捲起大片風沙朝向炙殺狂暴奔騰。

強風颳過林間，將大樹吹得狂搖欲墜，生長在下方的小樹則因為不敵風力，嘎吱的連根拔起捲上半空，摔往百公尺遠的樹林裡。

旋風逐漸稀薄透明，從中透出的黑影讓扉空明顯感到不妙。他加重警戒，指尖如同攀爬階梯般的順流滑向高音，旋風加強壓力及風速。

沙霧，不知道被什麼東西擋住了。

金色的尖刃從風壁中伸出，本來是一條小縫，卻逐漸擴大，隨著手持者的重砍，暴烈的旋風瞬間被劈成兩半。

中心一破，風立止。

看著自己的攻擊被輕鬆斬斷，扉空幾乎可以聽見自己劇烈的心跳，那是驚慌與錯愕。

炙殺手上拿著一把彷似火焰形狀的金色巨劍，眼帶輕藐，嘴角掛著嘲諷，好似在笑扉空的不自量力。

「劍！？」

伽米加驚訝對方所拿出的武器。照他的推測，這區域性限時的骨爪攻擊應該是屬於死靈法師的技能才是，但炙殺卻拿著劍，而且照他的力道來看……怎麼可能……

「你該不會以為我是死靈法師吧？」

伽米加呆愣，望著那對自己攤開手，一臉可惜樣子的炙殺。

「以為我只是攻擊力強卻是體弱的死靈法師，如果掙脫那關住自己的該死東西就可以輕鬆的把我撂倒。你，不會傻到這種地步吧？」

「不過也不能算你想錯啦！困住你、和操控那些胡亂攻擊的東西，確實是死靈法師的技能，但，卻不是我的主要技能。死靈法師這種職業要殺人，老實講，實在是不夠力，更別說要殺到紅榜第一名。」

犬牙咬著舌尖，炙殺笑到全身顫抖，瘋狂的眼定在一臉警戒的扉空臉上，張開的唇說出如同審判的話語：「我的副職業確實是死靈法師，不過主職業……是狂戰士，請多指教囉。」

「居然雙職業都挑了攻擊類的……」

——貫穿遠程與近戰。

《創世記典》的副職業雖然所見到的幾乎都是現實式的職性，但並不代表全部都是如此，其中還是有戰鬥職性的選項，只是因為占的部分很小，且玩家本身會希望兩項職性有所分別，所以副職業大家常選的都是以現實式的職業為主，但炙殺卻是連副職也挑選戰鬥職性。

伽米加完全想不到會有人來玩遊戲是為了要殺人，這傢伙是瘋了嗎！

先不管炙殺的目的，既然這傢伙的職業是狂戰士，而且已達到血榜的第一名，那麼他殺掉的玩家一定超過特定數量，相對的，他的實力和等級也有一定的程度……有可能他們這群人都沒有一個能比得上。

「扉空，快跑！你打不過的，這傢伙根本就瘋了！」

密語在扉空耳邊響起。

扉空望向被困在地上的伽米加，看見那雙眼裡急切的要求他快逃的示意。

搖頭，他拒絕逃跑的提議。

「你瘋了嗎！快逃！」

「天戀要我站在夥伴的身旁，而你，現在需要我。」

說完這句話，扉空直接關掉密語頻道。

這是他第一次和玩家對上，雖然早有心理準備對方不會像怪物那樣好打，但沒想到會難纏到這種地步。

是因為對方的等級比他超出許多？

還是因為他真的過於弱小？

不管是什麼，看著那露出瘋狂與殺意的眼，扉空很清楚，當他踏出沙霧來找尋伽米加的那一刻開始，如果他不奮力對抗……

就會沒命。

「蠢蛋，別管我，快點逃！」無法用密語與扉空對談的伽米加只能破口大罵。

逃逃逃，為什麼他就只會叫他逃？

「吵死了！不要每次就只會叫我逃，除了這句話你沒有別句了嗎！」

對著伽米加吼完，扉空腳步也順勢向後一退，張開嘴，合音伴隨著琴聲唱出。

無形的音波向外震動，空氣產生出迫人的壓力，周圍不只胡亂飛竄的骨爪，就連漫天沙塵也被鎮下。

扉空再吸口氣，二度和音落下，比剛剛更加沉重的壓力聚集，就連身周的小草都被壓出了凹痕。抬眼瞧，扉空終於掩飾不住心裡的震撼，暴風之中，炙殺竟然還直挺的站著，且臉色不只未變分毫，還一派輕鬆。

——居然……怎麼可能……

扉空難以置信。

——如果說連絕對音感都沒辦法，那麼……

「你的能力就只有這樣？」眉毛一垂，炙殺露出了哀諷的笑，「真是可惜。」語盡，劍落，一道更強勁的風壓瞬間劈開音波形成的牆，朝著扉空直撲而去。

「快跑！扉空——」伽米加迫切大喊。

鈴鐺聲響起，兩道矮小的身影奔跑而來，將還呆站著扉空用力撲倒。劇烈的風刃從扉空腳邊掃過，直接劈入後方的森林，碰的一聲，樹木整排連翻倒下，震動嚇得樹上的小鳥紛紛振翅散飛。

「扉空哥哥，你沒事吧？」

「扉空哥，你別死啊！」

座敷童子與枕木童子一人抓著一邊肩膀，死命的一陣狂搖，搞得扉空都快暈頭轉向了。

「停！我還沒死。」手掌擋在兩人面前，扉空餘悸猶存的喘了幾口氣。

他剛剛居然嚇呆了。

如果不是這兩個孩子及時將他推開，剛剛那招式就會直接正面擊中他了吧！如果被那東西掃到，他的身體還不斷成兩截！

回穩呼吸，扉空再次抓著變回原型的鍵盤狼狽站起，用力撥掉遮擋視線的亂髮，不囉唆的直接問：「座敷，妳能去幫忙伽米加脫困嗎？」

座敷童子馬上點頭答應，雙手一舉叫出鳳鳴槍，朝著伽米加的方向跑去。

意外的是炙殺並不阻止座敷童子去救人，反而視線緊盯著扉空，未離開分毫。

「叫小孩子去救人，這可真有你的。」故意加大音量，炙殺扶著額大笑。

喉嚨突然一陣癢，扉空壓著胸口咳了幾聲，直盯著炙殺，他低聲詢問身旁叫喚出武器的男孩：「柊木，不論如何，朝著他攻擊就是了，你應該能做得比我好吧？」

「你可是大人耶，說打架打輸我這個小孩子對嗎？」柊木童子腳步向前跨，壓低身勢，雙手架好凰冥刀，認真道：「我會努力。」

「很好，那麼你抓到縫隙就攻擊。」

看著重新架起備戰陣勢的兩人，炙殺聳了下肩，有些無奈。

「你不會還想再拚吧？用個小孩當助手？」

用衝出的步伐取代回答，扉空衝到炙殺面前，抓著鍵盤就是猛力揮打。

火焰巨劍倒豎在眼前擋下攻擊，炙殺的笑容加大了不少。

「你知道嗎？你是我遇過最有趣的一個人，明知道自己沒有力量，卻還是這樣拚命的攻擊。」

銀藍色的鍵盤被彈開，差點後倒的腳步在兩三步之後站穩，扉空舉起武器再次往前揮打。

拿著凰冥刀的杺木童子趁機溜到炙殺身後，高跳躍起，長刀筆直砍下。

「鏘！」

金色劍刃在眨眼間就已翻轉至後背擋下刀口，炙殺另一隻手掌一把掐住鍵盤的邊角。

攻擊被同時擋下，讓扉空與杺木童子頓顯錯愕。

炙殺冷笑著，手順勢轉，巨劍擋開長刀往下直插入地；抓著鍵盤的手用力一扯，在扉空靠近的同時鬆手，右腳也順勢朝扉空的腹部用力踹下。

在扉空飛出去的同時，杺木童子再次舉刀攻來，但卻被巨劍迎面反砍，雖然用柄身擋住攻擊，但強勁的揮舞力道則讓杺木童子面臨和扉空相同的下場。

兩人並不氣餒，不浪費任何時間，抓起武器就是再次進攻。

一擊！兩擊！

扉空死命朝著炙殺揮打鍵盤，即使手麻也不停止。

炙殺從未改過表情，雖然步步退，但是持刀擋下的手勢依然輕鬆。

舉刀砍來的杴木童子再次被打飛。

扉空不敢分心，也不容自己喪失戰心，只能將憤怒加注於力道之上。

——為什麼……

——為什麼……！

——為什麼不快點倒下！

奮力一擊，金色劍身被撞彈開來。

——好機會！

在炙殺恍神的那一刻，扉空立刻伸手抓住炙殺的肩膀。

如果無法光靠絕對音感來對付，那麼就只能用他的種族招式，如同在深夜山邊面對兔狼獸的那一刻——

直接殺了他！

「冰鏡……」

語末畢，瞬間的衝擊襲擊扉空全身，幾乎麻痺了神經。最後一字卡在喉嚨，不論他如何努力，始終無法落出嘴。

劇烈的痛從腹部蔓延開來，扉空顫抖著低頭，瞪大眼，一口血就這麼咳了出來，灑落在貫穿自己身體的巨劍上。

——為什麼……到底什麼時候……

炙殺瞇起眼，手臂一緊，抽出巨劍。

血花大量濺灑，扉空跪倒在地。

即便壓著腹部的傷口也阻止不了血流的速度，比之前所遭遇過還要大上好幾倍的劇烈疼痛讓扉空全身幾乎被冷汗浸濕，他根本無法聽見其他人的喊聲，也無法思考自己現在所身處的環境。

幾乎快閉闔的眼簾映入一雙鋼鞋，黑影蓋住整個視線，扉空看著清晰的掌紋逼近自己，頭皮傳來拉扯的力道。

炙殺揪著扉空的髮將他整個人提起，痛苦的蒼白面容令他興奮不已。

「你知道為什麼我要特意避開要害，而不是一劍殺了你?因為我想到更有趣的點子了。如果在意的人被整治到不成人形，不知道那傢伙會露出什麼樣的表情呢?」

緩緩掐緊的力道與傷口不停失血的疼痛讓扉空全身顫抖，就算用手壓著傷口，血液卻還是不停的從指縫間滲出，腳步根本無法站穩，只能虛浮的撐了又跌，而占據他視線的是令人畏懼、帶著殘酷狂囂的嘴臉。

對方根本就是瘋子，而跟瘋子對上的他……難道真的注定要栽在這裡?

死亡他不是沒遇過，在新手村時就死了好幾次，只要知道這裡是遊戲，死亡根本不足為懼……但是，他卻怕自己死不了。

現在的他連反抗的力量都沒有，更別說這瘋子要對他做什麼。

炙殺的話就如同惡魔的宣言，他有更有趣的做法——讓扉空不自覺的加大顫抖的做法。連呼吸都困難，扉空咳了好幾下，血沫濺在銀亮的護甲上，眼皮根本無法承受失去力氣的重量，壓低到幾乎看不見眼前的一切。

看著扉空的狼狽模樣，炙殺故意施力搖晃，猙獰的面孔擠到扉空面前，不悅道：「誒誒誒，要是你這樣就死了可不行吶，給我清醒點！」

主人被擒，寵物蛋也瘋狂拍打翅膀朝著炙殺撞去，但卻被一劍敲彈落地，彈了兩三下，在地上動也不動，看起來像是暈死過去了。重創讓寵物蛋被強制收回扉空的寵物欄裡。

炙殺眼神一轉，立刻將巨劍用力插置於身旁的土內，從旁射擊而來的紅光子彈與劍面擦撞出火花。

「給我放開扉空哥你這混帳啊啊啊啊——」

從另一邊衝來的枕木童子高舉長刀，奮力一躍，朝著炙殺揮下刀口。

「鏘啦！」

劍刃再次交鋒，炙殺翻手使勁，不敵對方力氣的枕木童子再次被彈開，摔滾在草坪上。

同時，浴血銀狐無聲無息的出現在炙殺的另一邊，右手握著小型的月牙刀，天戀則從前方握劍狂奔上前，兩人同時雙邊攻擊，鋒刃直指那最脆弱的頸肩。

炙殺舉手——閃爍星星光采的劍端被食指與拇指直接捏住，攻擊被輕鬆擋下讓天戀出現瞬間的錯愕。

炙殺右腳後退，腰桿一轉猛地施力，天戀瞬間連劍帶人整身被拉飛離地，朝正要下刀的浴血銀狐硬生生的撞過去。

看著一起摔撞在旁邊樹幹的浴血銀狐和天戀，伽米加心急的催促座敷童子：「快一點！」

座敷童子緊握鳳鳴槍，朝著骨爪關節不停的拚命狂劈。

握著長柄的小手幾乎麻木，但她不敢遲疑攻擊，就怕一個大意會來不及救到她所喜歡的扉空哥哥，好不容易對他們開始敞開心胸的人，她絕對不要失去他。

終於，清晰的斷裂聲響起，座敷童子大喜，再次高舉長槍，朝著已經脆弱不堪的部分奮力劈下！

「啪喀！」

骨架碎開。

伽米加趕緊從破口爬出，吩咐座敷童子拉著弟弟去找地方躲好之後，就直朝炙殺的方向狂奔而去。

「麥格末——」

伽米加高舉獸爪憤怒的朝著昔日的友人揮去。

巨劍反揮，金色的火燄從劍身衝出，散發出懾人的熱氣正面迎擊伽米加。強大的衝擊讓伽米加終止前進的腳步抵擋。

一擊正中伽米加的胸口，表皮的皮毛焦黑捲曲。但攻擊還未停止，見伽米加沒倒，炎殺馬上再揮了兩三刀，火焰接連而來，燒燙的熱氣逐漸侵蝕皮膚，露出粉紅色的皮層。

咬牙忍著椎心的痛，伽米加告訴自己不能倒，如果他倒了，那麼扉空……

看著那被炎殺拖著的身影，伽米加痛恨自己居然讓本該負下的責任牽連到其他人。

「拜託，請你快點倒下好嗎？」

炎殺嘴角低扯，加重力道揮下劍刃，再次襲來的火焰重重打在傷重的手臂與胸口，伽米加終於無法抵撐，一個倒地朝後翻滾好幾圈。

忍住痛，伽米加的視線並不退縮，一掌拍地站起，又是朝著炎殺攻去。

火焰再次擊上同樣的地方，然後是左腳、右手、右腳——

全身一大半都是慘不忍睹的燒傷，伽米加站起身，但是他這次終於連腳步都跨不出就跌回地上了。

「很痛嗎？」看著伽米加咬牙忍痛的樣子，炎殺扯了下嘴角，冷冷的說：「當時的小鳳，可是比你現在更痛。」

面孔爬上扭曲，炙殺單手將巨劍翻起，正要再次揮擊，卻見座敷童子突擋在伽米加面前。

「座敷！？」

「我才不會讓你欺負大家。威士比！」

稚音喊道。紅焰式神現身。

「風吹野邊者，秋日草木為所折，搖曳狀荒亂。殘摧傾倒甚將枯，是以山風謂之嵐——」

和歌聲出，紙牌飛擲。

式神融進紙牌，幻化成凶猛的龍捲風衝向炙殺。

炙殺不躲也不閃，舉手擋在面前，右手食指上的戒指發出紫光，以咒紋構築成的百尺盾牌出現在身前。

龍捲風重重撞擊於盾牌上，周邊草木皆被捲翻了土。

披風瘋狂飄擺，炙殺默唸幾聲詞句，一陣反力自盾牌中央猛地擊出，撞散龍捲風，威士比被迫現出原形。

帶著猙獰面孔的紅色巨蟒前額頂在盾牌之上，想靠著蠻力突破護罩，卻沒想到凝構盾牌的紋咒竟開始一字字剝落，如同繩縛般纏繞上蛇身，緊緊糾結，紫色的光如同電流竄過全身，威士比忍住想哀號的衝動，卻無法阻止蛇鱗片片剝落。

衝力撞擊在蛇額，巨蟒終於因為無法聚形而碎裂。

「座敷大人……」

紅色光點重回座敷童子胸前的紋身，式神的重傷讓主人也遭受牽連，心臟一陣衝擊，座敷童子抓著無法喘息的胸口拍了又搥的咳著。

「真沒想到一個小孩子居然能夠收服那種鬼東西，要不是這護具，我可能真的會敗在這裡呢！是該感謝上次那臨死前貢獻出這神器的傢伙，對了，那個人叫什麼名字？」嘴裡這麼說，但炙殺卻毫無認真思考的意思，聳肩道：「算了，想不起來也無所謂，那麼……」

見炙殺眼裡出現殺意，伽米加趕緊抱住座敷童子將她護在自己懷裡。

「就算是小孩子，大哥哥我啊……還是要處罰妳。」

再次舉起巨劍，炙殺邪惡的笑著，金色火焰再次凝聚於劍身，正揮下之際，一把鐮刀從旁直竄飛來，連接柄尾的鐵鍊繞捲劍身，鐵鍊一個扯緊，巨劍頓時被迫停下攻擊。

炙殺瞪向突然出手的愛瑪尼，「一堆礙事的蒼蠅！」

愛瑪尼用力扯住鐵鍊，與炙殺的武器相互制衡，手掌轉繞鐵鍊加強拉力，愛瑪尼向菸莉麥亞和水諸下令。

「動手！」

子彈與弓箭抱著致人於死的動機準確的朝向炙殺那囂張的嘴臉射去。

炙殺無法牽動武器，也不浪費時間硬要拿起，碰的一聲，劍尖三分入土穩固直立，他嘴裡細唸咒語，剛剛的骨爪再次破土而出連接成巨大的厚牆，飛馳而來的子彈紛紛被骨牆擋下，殘骸劈里啪啦的像雨水般掉落在地。

「喀！喀喀！」

子彈耗盡讓荻莉麥亞低啐了聲，趕緊叫出補充彈藥裝填。

拉開的弓弦上無箭出現，代表持有的箭量已用完，水諸不敢置信一場纏鬥會讓他用盡所有弓箭。咬了牙，水諸扔下金弓，高喊著直接朝著炙殺奔跑過去。

「笨蛋！不要衝動……水諸！」

水諸連靠近都未做到，炙殺連視線都懶得施捨，手指晃比，破土的骨爪飛馳——骨爪迎面覆蓋，緊咬住水諸的頭將他撞倒在地，衝擊力讓水諸逆行滑了好幾公尺遠，地面被翻出一條深溝的鬆土，磅的一聲，後腦重力撞擊上岩石。

水諸昏迷之後，覆蓋面容的骨爪才鬆脫落地，融進土裡。

「水諸！」

青玉慌張的奔跑到水諸身旁，他面孔的傷還好，但背部的衣服幾乎被磨破，一定擦傷得更嚴重。雙手施力抱起陷進碎石中的頭，濕熱的觸感讓青玉顫抖的縮起手，看著掌心上的一片猩紅，難以呼吸。

嘴脣微微顫抖，青玉低低的喊了幾聲名字，但水諸並沒有睜開眼。

「放心，如果要殺他，挖出他的心比較快。」炙殺無情一笑。

從水諸身上收回視線，愛瑪尼雙手握成拳，用力一扯，鐮刀順著鐵鍊的拉力飛回他舉起的右掌裡。

「不過就是個人罷了，何必這麼認真？」炙殺聳肩，好似他剛剛的所作所為根本只是孩子間的戲鬧玩耍。

——不只是個人，這些人，對這裡的每一個人來說都很重要……

扉空喘息著，雙手吃力的舉起抓住那隻控制住自己的手臂，勉強的睜開眼。

不能再讓其他人受傷了，他得靠自己阻止這傢伙才行。

扉空張開嘴，虛弱的吐出未完的詞：「花……」

冰氣從掌心聚集攀爬上龍紋的鋼器護甲。

發現到扉空想要做的事情，炙殺憤怒的甩開手，將扉空用力扔擲在地上。

連滾好幾圈才停止，扉空屈身壓著傷口，連咳了好幾口血沫，喊不出聲的痛讓他全身不停的發抖。

「扉空！」

伽米加雙手扶在地，努力克制燒傷帶來的疼痛，將感官全專注在站起的關節上。

炙殺左腳踩上扉空的肩頭關節，結果旁邊又來一記攻擊。

連番擋開朝自己飛撲而來的攻擊，還以回擊，炙殺失去周旋的耐性。

「那麼，就玩到這裡吧。」

炙殺單手抓著扉空的後領將他扯起，揮劍連砍擋下不停飛來又彈開的鐮刀，煩躁讓他橫劍重揮，強勁的劍氣順勢朝著身周掃去。

伽米加雙手交叉擋在面前克制風壓，沒想到注意力一轉移，站起的雙腳卻再跪下。座敷童子縮著身子，緊抓在伽米加身旁。

浴血銀狐和天戀被正面掃到，往後翻了好幾圈。

一身狼狽的杦木童子趕緊雙手抓地，壓低身子。

愛瑪尼壓著荻莉麥亞的肩，將她撲倒在地。

青玉則是抱住昏迷的水諸，在狂風中，她看見炙殺扔出了一張羊皮卷軸。

——那是……！？

顧不得那麼多，青玉握緊掌心的耳環，閉眼懇切的祈求。

綠色的圖陣出現在她的腳下，以線連接延伸至所有人的位置，先是水諸、荻莉麥亞、愛瑪尼，再來是天戀、浴血銀狐、杦木童子、座敷童子、伽米加，最後是扉空，所有人的腳下皆出現了相同的圖陣。

——就算耗光氣力也沒關係，只要能讓所有人的傷勢回復，只要能讓那個人有機會掙脫！拜託，一定要成功！

「全域治療——大天使的祈福！」青玉低聲高喊。

穿著薄紗的透明天使在空中現影，隨著翅膀的擴張，圖陣揚起綠光，籠罩住所有人，眾人身上的傷口正逐漸癒合。

「吼吼吼吼——」

獸人獅吼著，在綠光炸開時衝往炙殺。

「麥格末！」

身體狀況的復元讓荻莉麥亞重新獲得力氣，從地上爬起，她抓起槍械就要衝向前方。但一瞬間，手腕被拉住，荻莉麥亞回頭注視著愛瑪尼。

「不要。」

愛瑪尼理性的話語讓荻莉麥亞沉下臉。

她不是他。

她不會無時無刻都保持極度的理智，該打的時候就打，該追的時候就追，該愛的時候就愛，這就是她，所以……

「我不能丟下我的同伴不管。」

扔下這句話，荻莉麥亞立即用力抽回自己的手，腳步一退，轉身，頭也不回的直奔向前方的隊友。

傳送陣籠罩住炙殺及扉空。

同時，伽米加和荻莉麥亞衝入陣法的範圍，伸長手想要抓住那道藍色的身影，白光揚起將四人籠罩，刺眼的光芒掃過整座平原。

白光消失，遮掩的手掌放下。

原本應該站著人的地方變得空無一物，炙殺、扉空、伽米加和荻莉麥亞皆失去了蹤影。

▶▶Loading...

第四伺服器

王者哥哥，請救救扉空！

Create Dream Online

當青玉睜開眼，便看見一隻手正放在她的額頭上，冰冰涼涼的觸感如同記憶中的那個人。那時施完治癒術之後，她就因為氣力耗盡而暈了過去，那麼大家……對了，扉空哥！

青玉慌忙的爬起，環望了四周一圈。有浴血銀狐和天戀，也有座敷童子和枕木童子，愛瑪尼也在，然後是頭上綁著繃帶的水諸。

青玉跑到坐在石頭上休息的水諸面前，緊張的問：「為什麼？我明明用了治癒術，為什麼你的傷沒有好？」

水諸抬起疲累的眼，舉手示意青玉放輕鬆，他摸著頭上的繃帶，輕聲解釋：「我沒事，可能是傷得深，妳又一口氣負擔太多人的治療，所以沒辦法將全部的傷都治癒，但是其他人的身體都復原了，不用擔心，我比剛剛好很多了。」

「我、我以為……」

「沒關係啦！我皮厚脂肪多，很耐打的。而且妳都幫我把原本那麼嚴重的傷治療到剩這麼一點點的小傷口，也幫我回復了氣力，妳已經做得很好了。」

用袖口揉掉差點奪眶而出的眼淚，青玉用力點頭，接著她想到還有個人的傷也很嚴重，那麼……

青玉四處張望，卻不見扉空，就連伽米加和荻莉麥亞也不在。

胸口徘徊不安，青玉緩緩轉身，注視著沉默不語的愛瑪尼，扯出抹僵硬的笑容，詢問：「扉空哥呢？還有米加哥和荻莉姐……他們……在哪裡？」

「……和炙殺一起消失了。應該是用了傳送卷軸。」

「傳送卷軸……那隊員位置顯示呢？我、我查查……」

青玉才剛要叫出面板，愛瑪尼便立刻接口：「在妳昏倒的這段時間裡，我們什麼方法都試過，用了密語也沒用，別說回覆，系統根本傳達不了，地圖上也沒有他們的蹤跡。我想，最大的可能就是他們正在一個斷絕所有通訊的地方。」

雖然已有心理準備，但當聽見愛瑪尼的回答時，青玉還是忍不住衝動的情緒，轉身就走。右手被用力拉住，她身後傳來愛瑪尼嚴肅的話語：「妳現在根本沒有方向，妳要到哪裡去找？」

「就算是這樣我也不能什麼都不做！我們的夥伴被抓走了，被一個瘋子抓走了，你自己也說了不是嗎？你說那個人根本不看重人命，而且……我的治癒術根本沒施行完全，米加哥和扉空哥身上的傷要是根本沒有完全痊癒又該怎麼辦！他們死了該怎麼辦！」

「死了還好，就怕想死都死不了。」

聽見愛瑪尼的低語，青玉咬著唇。他說得對，死了倒還好，痛一下就回到重生點，出來了還是可以和他們繼續相約相見。但是，如果痛到麻木卻還是死不了……

那樣的痛，居然要那些人去遭遇，居然要那個人去承受，她無法想，也根本不敢想。

摸著頭髮上的花飾，青玉的眼眶紅了不少。明明是這樣善良的人，為什麼卻得遭遇這種事情！

「對了。」

愛瑪尼像是想到什麼般的搥了下掌心，唸了個辭彙，手上跟著出現一本厚重的商店目錄，迅速的連頁翻看著，直到某一頁停下，愛瑪尼點壓頁面右上角的金色標誌，一個與頁面商品相同的物品蹦地擠出紙張，化為具體實物，那是個頂部有著綠色網格螢幕的黑盒子。

收起目錄，愛瑪尼拿起黑盒子跑到遠處，將黑盒子放在草地上，按下上頭的按鈕。

「滴、滴、滴——」

方正的數字出現在黑盒子上方，隨著數字外圍的圈格一格格的亮起，數字從一百開始進行倒數，直到圈格全亮，數字歸零，黑盒子炸出了漂亮的彩帶，還伴隨著不知從哪出現的吵耳歡呼聲。五秒後黑盒子消失，原本沒有任何物體的地面卻出現了一段字碼——「D，337，184」。

「這是什麼？」青玉睜著好奇的眼，不解的詢問。

「炙殺使用傳送卷軸所到達的區域。剛剛那個東西是追蹤器，只要在十二小時之內將追蹤器放在傳送卷軸或傳送符的使用區域範圍內，就可以偵測出傳送前往的地標點。之前在某村落的商店搜括到的，本來是想找個滿意的客戶高價賣出去，現在就捐獻出來。」

愛瑪尼解說完之後，起身拍了拍青玉的頭。

「我並不是不在乎，小青玉。」

她知道。他只是用自己的方式來將傷害減到最低。

他一直都有盡到身為副會長的責任，真的。

「那麼現在只要照這個顯示的地標點去搜尋，就可以知道他們去哪裡了，沒錯吧！」

天戀看著站在枕木童子身旁拚命抹著雙眼的座敷童子，伸手幫她擦掉眼淚，安慰道：「座敷，可以找到扉空他們的位置了，只要知道他們在哪裡，就可以去救出他們。別難過，沒事的……」

「那、那扉空哥哥他們到底在哪裡？」

愛瑪尼指尖按壓手環叫出了面板，隨著他的點擊，座標搜尋面板緊接著跳出。

『請輸入區域座標：【　　　　】──【搜尋】』

在空格裡填上「D，337，184」，按下搜尋後，系統馬上從全景地圖搜尋到座標的確切位置，愛瑪尼拇指與食指向外擴移放大地圖顯示的座標點位置，喊了聲：「找到他們的位置了。」

眾人全聚集在愛瑪尼身後查看地圖上的座標，以及另一塊面板的放大圖與標示，天戀咦了聲，訝異道：「中央大陸的……冥限大城？這是玩家創立的城鎮……伽米加他們是在這座城裡嗎！？」

愛瑪尼看著地圖，「按照傳送卷軸的座標搜尋出來的位置圖，顯示的地點確實是在這座城裡沒錯，只是為什麼會在城裡我們無法得知，但只要知道他們的確切位置，一切就容易多了。」

「會不會炙殺只是傳送到這座城裡，但是真正前往的是另一個地點？」天戀提出可能性的詢問。

愛瑪尼搖頭，否定天戀的看法，「就我推測，那個人不會做這種多餘的事情，要押著一個人出城並不是容易的事情，城裡有許多的玩家，大家都在看，就算從無人小徑逃出去，也沒辦法完全躲開別人的視線，況且還有伽米加和荻莉麥亞在。」

抿了抿脣，愛瑪尼繼續解釋：「殺人魔就算要殺人也會挑黑夜下手，那是因為沒人會看見。而現在是白天，躲開眼睛最好的方法就是直接到達目的地之後藏身起來，出城太費力氣了。而且普通商店並沒有販賣追蹤器這種東西，一開始我們也知道他是隨機式的挑人打，但很不巧的剛好和伽米加碰著面……所以，他不會以會被人追蹤為前提來進行傳送。」

「要躲在一座城裡，除非和城內的人有交情，不然誰會睜隻眼、閉隻眼隨你胡亂搞？但如果炙殺與冥限大城有關係，那麼很有可能這整座城就是他的後盾……只有我們幾個，根本無法攻進去救人。」

愛瑪尼摸著下巴思考著，然後下令：「天戀、水諸、銀狐，你們帶著座敷和杺木，五個人先回公會向會長報告目前的狀況；青玉，妳和我先到冥限大城外待命，等待會長的指示。」

說完，愛瑪尼再重新叫出商店目錄，拿出一張跨陸傳送卷軸。

「我們不回去。」

發出抗議的不是青玉，而是鼻子紅通通、看得出來剛剛哭了不少時間的座敷童子。

她雙手握拳放在胸前，看了杦木童子一眼，與自己相似的臉龐對她點了下頭，她抹掉因為情緒激動而流出的鼻水，環顧那些比自己高上一倍的大人，低聲說：「現在也只有『那個人』能救出扉空哥哥、伽米加哥哥還有荻莉麥亞姐姐，如果是『他』，一定不會有問題。我不要模稜兩可的不確定性，我要絕對可以救出他們的力量，所以，我沒有辦法只依靠白羊之蹄那些人……」

「雖然『他』說過有任何事情都可以請他幫忙，但是我們不想要什麼事情都倚靠那些人，所以從未向他們要求過任何的幫助。這張傳送卷軸我一直都收得好好的忍著不用，但是現在……」

抱緊懷裡幾乎快要超過身高的羊皮紙捲，座敷童子往後退幾步，和杦木童子一起抓著邊角將羊皮紙用力甩開，不屬於任何商店販售的複雜法陣顯現在眾人面前。

「我要用我自己的方法來救扉空哥哥。杦木。」

男孩握住女孩的手，踏進法陣。

「等一下！座敷、杦木！」

看著兩名孩童的堅決，愛瑪尼思考了下，和青玉對看一眼。

雖然他們不知道座敷童子所指的「那個人」是誰，但也不放心就讓兩個小孩這麼離開。青玉點了頭，與愛瑪尼一起跑進法陣範圍。

「我也跟你們一起去。」青玉彎腰對著座敷童子與杦木童子認真的說：「請讓我們一起同行。」

特意不去看杦木童子不爽的眼神，愛瑪尼彎下腰向座敷童子詢問：「你們所說的『他』，真的有辦法、而且絕對能救出荻莉麥亞他們？」

「我不知道你們白羊之蹄的人是如何，不過如果是『他』，就絕對可以。」座敷童子酒紅的眼，映著不屬於孩童的堅韌。

愛瑪尼思考了一會兒，下了決定，他轉頭向天戀交代要她和剩下的人回公會去報告之後，再和青玉互相交換個眼神，隨後向座敷童子說：「如果真有絕對能夠救出夥伴的力量，就麻煩你們帶我們去和『他』見面。」

座敷童子眼一垂，轉頭看向杦木童子，對方沉默著，但還是點了頭。收到意思，座敷童子回給愛瑪尼一個首肯，然後握住青玉和愛瑪尼的手。

杦木童子將手搭在座敷童子的肩上。

兩名孩童深吸一口氣，開口輕喊：「傳送！中央大陸，亞蘭區域，夢幻城！」

銀色光芒揚起，陣法的邊緣展開花瓣般的羽翼，包覆內圈，耀眼銀光沖天，羊皮紙和站在上頭的四人一起消失了蹤影。

「我們也快點到公會傳送點的所在村莊吧！水諸，要麻煩你的寵物了。」

水諸點頭，揮了揮手，鳳蝶立刻從停駐的遠方花叢飛來。

用粉末在地上畫好傳送陣，水諸招呼浴血銀狐和天戀進入圖陣之內，七彩粉末降下，三人順著陣法的光輝前往南方大陸的主城鎮，再經由城鎮內的公會傳送點回到白羊之蹄的公會地。

▲▲▲◎▼▼▼

當水諸三人出現在公會大廳時，所有在場的人皆是錯愕的表情。

照理來說，有青玉跟著的隊伍從未有過傷員回來的情況，畢竟青玉是治療職系，也會在任務途中直接幫傷員進行治療，而現在水諸竟帶傷回來，且除了天戀和浴血銀狐跟著同行，其他幾個人怎麼不見蹤影？

以往再怎麼有不開心的事，水諸和天戀還是笑臉迎人，而現在三人不只突然回到公會，從進門開始就是臉色沉重。究竟是發生了什麼事？

種種疑問讓大廳裡的會員開始交頭接耳的私語，幾名人員更是直接上前詢問水諸頭上的繃帶是怎麼一回事。

二樓傳來的腳步聲打斷眾人的交談，抬頭望去，只見波雨羽走下樓梯來到他們面前，而明姬則跟隨在他身後。

波雨羽瞧了眼水諸的傷和天戀的臉色，詢問：「發生了什麼事？愛瑪尼和扉空他們呢？」

「會長，很抱歉擅自直接從任務途中退出，但是……」水諸握著金弓，沉痛道：「我們，被襲擊了。」

四周傳來驚愕的倒抽氣音。

天戀抿著嘴，低著的眼終於從自己腰間的武器上抽離，沒能保護同伴的自責讓她無法再擠出任何一點笑容來面對大家，她抬頭直視波雨羽，張開嘴，喉嚨的酸澀卻讓她無法說出一個字。明明剛才她還能擠出笑臉來安慰座敷童子，為什麼現在卻連話都說不出來了！

看見天戀的樣子，明姬上前拍了拍她的肩膀，要她先平復情緒。隨後吩咐一名治療職系的會員先將水諸的傷完整治癒。

波雨羽詢問般的望向浴血銀狐。不負所託，即使再怎麼被情緒困擾，浴血銀狐還是完整的交代了事情的過程。只見波雨羽越聽眉頭鎖得越深，而眾人則是聽得忿忿難平。

光是看見水諸的繃帶就夠窩火的了，聽見過程才知道傷得不止如此，整群人根本是被當好玩打的，而且連新進會員都被那名叫做炙殺的傢伙隨他開心的抓著跑，分明就是削他們白羊之蹄的面子。

「所以扉空、伽米加和荻莉麥亞，現在在炙殺手上？」

「副會長是這樣推測，三個人被關起來的機率很大，而且經由追蹤器追蹤之後發現，傳送卷軸所前往的座標與中央大陸東北方的冥限大城一致。」

「追蹤器？」

「……副會長的擺攤商品。」

波雨羽眨眨眼，隨意點了頭，表示知道那東西的可靠性有多少了。

如果是愛瑪尼的商品那就沒什麼問題，雖然有許多奇奇怪怪的東西，倒至少保證品質是一流。這樣聽來，在南方大陸活動的炙殺特地選擇中央大陸的地點跨陸傳送，直接落在冥限大城裡，若不是城裡有靠山，還真想不到第二點可以讓他這麼隨自己心意胡來。

倘若炙殺目前真的是在冥限大城，先以整座城的城力作為他靠山的假設……這仗，可真的不好打……

「真是太過分了，怎麼會有這種人！就算有什麼恩怨也不該隨隨便便把人打爽的吧！」

「那根本就不是人，是瘋子。」

「管他真瘋還假瘋，居然說殺人不需要理由！我現在就去翻了他的老巢殺了他，看要不要理由！」

戰斧一扛，漢子大叔就要準備前去討公道，幾個人也附和跟上。

見大家情緒激動，波雨羽立刻舉手示意大家先別衝動。

「會長，現在是那個叫做炙殺的混蛋直接踩我們的臉亂打，不揍回去悶著不吭算什麼！」

「我們可不能縮在這裡任由別人踐踏欺負啊！」

「就是啊！現在可是我們的家人被抓了，再怎麼樣拚了這條命也要把我們的家人救回來，大家說對不對！」

「就是說！」

「沒錯！」

一群人激動抗議，紛紛叫出自己的武器，站在二樓的人也奔跑下樓準備跟著衝去。

看著深陷激動情緒而無法冷靜的人們，波雨羽深深的吸了口氣，壓低聲音大吼道：「你們以為我真的無所謂嗎？」

一句冷話，讓原本高呼的聲音瞬間靜默。

波雨羽環顧在場的所有人，高聲重語：「你們說的我會不懂嗎！」

第一次聽見波雨羽帶著怒氣吼著話，大家全嚇了一跳，閉緊嘴，連細碎的交談都不敢，屏氣的將視線全放在那戴著低筒帽的鷹族男子身上。

「現在並不是山賊擄人這麼簡單，而是要跟整座城為敵。我想，如果炙殺真的與冥限大城有交情，而且還是對方願意幫他藏匿罪惡的那種交情，那麼要他自己交出人是不可能的。不說後來加入的團體，冥限大城至少有將近七百人的兵力，我們白羊之蹄卻只有兩百多人。」

比較之下，很明顯的就可以知道誰輸誰贏。

他們這裡就算團結力較強，但並不代表能突破七百人的城牆攻進去救人。而座敷童子他們……雖然有愛瑪尼和青玉跟著，可也不知那所謂的援軍是否會出現。

「即使如此，我們也不能就這樣放著不管。」漢子大叔沉下臉，「連座敷她都說了，他們沒辦法只相信我們。會長，這樣被小孩子歸類為無法信任的對象，真的沒關係嗎？」

——就是說呢，座敷認為無法單靠我們白羊之蹄就能救出扉空三人……

——但我不會什麼都不做。畢竟動別人的腦筋就算了，現在居然把「那個人」一起扯進去，這可不能隨便放過。

心裡如此想著，波雨羽右手伸進口袋，拿出包裝著金箔紙的巧克力。

他們好不容易才又重新相見，連送都還沒送出去，怎麼能讓別人來搗亂。

波雨羽拉了拉帽簷，向著眾人高聲詢問：「那麼各位，現在扉空、伽米加和荻莉麥亞在敵人的手上，且敵人除了血榜第一名——『炙殺』，還有整座擁有七百兵力的冥限大城。即使如此，你們也願意……將所有的信任交託予我？」

「就算沒有足夠的把握，也願意相信我會帶領你們迎向勝利，救出我們的同伴、我們的家人？」

問話，在寂靜的空間裡環繞。直到某句話語的出現，打破了沉默。

「這種話根本不用多說，會長，只要你一聲令下，我們所有人在所不辭。」

「沒錯！在所不辭！在所不辭！在所不辭！」

高舉拳頭與武器，眾人高呼。

不論如何，他們都要救出他們的家人，在所不辭！

嘴角上揚，波雨羽深吸口氣，眼裡多了精銳的光。

「通知目前在外進行任務的所有人，先暫時將任務擱置，兩小時內，能夠趕到的就直接在冥限大城外集合。」

「遵令！」

波雨羽走向門口，白色的光異樣刺眼。不論如何，他都要去將他們……沒錯，將他們的家人救回來！

「既然敢侵犯我們的底線，就該要有承受的覺悟。」

如同他們的公會名稱——白羊的足蹄，看似溫馴，但若是碰觸到他們的逆鱗，反擊一反外表，強硬到令人畏懼。

而現在，該是蛻去溫馴外表的時候了。

用最強硬的手段來痛擊敵人。

「白羊之蹄，全員出動！」

▲▲▲◎▼▼▼

夢幻城，座落於中央城鎮東方的亞蘭區域，擁有將近三千人力。據說以前剛創立時只有約二十人左右，城鎮也沒有現在這般大，是後來增加來此投軍的人數，才逐漸擴建成現在的壯闊樣貌。

城鎮以四方格局構建，環繞中央的城堡。城裡分成不同風格的東、西、南、北四區建築，包括了住宅與商家店面。

夢幻城的店家種類奇多，舉凡茶行、糖商、醫院、裁縫店、各類小吃……等，不管是跨古或是現今售物皆有，也因為這股隱隱約約的、又充滿神秘感的古早味，讓許多玩家趨之若鶩，成為今日交流的主要中樞城鎮之一，更被票選為「最想居住or開設商店的城鎮」第二名。

不只如此，城裡的大街小巷皆可通行連接，也不怕路痴在裡面會迷路，若真的找不到往城堡的路，也會走回通達四邊的方正大道。

如今，城堡的大門前突兀的出現了一朵白色曇花，隨著花瓣的綻放，愛瑪尼、青玉、座敷童子和杦木童子出現在鋪設磚石的人行道路上。

拉著杦木童子，座敷童子逕自往城堡大門跑去。

愛瑪尼和青玉跟隨在後。

長槍擋在路中迫使前方的兩人停下腳步，身穿黑色騎士服的女子彎腰，向座敷童子與枕木童子說道：「小朋友，這裡是城主居住的城堡，不是能夠開放給玩家隨便進去的地方喔。」

「我、我們有事情要找萱……王、王者哥哥！」座敷童子發現自己差點口誤，趕緊改了稱呼。

「嗯？你們是……？」

「我是座敷童子，他是我弟弟枕木童子，我們有很重要、很重要的事情需要王者哥哥的幫忙，拜託，請大姐姐幫忙通報一下，不然的話會來不及的！」

看著著急到跳腳的座敷童子，女子的臉上出現了為難。

「呃……雖然我也很想幫妳，但是目前城主並不在城內，而且我也不能單憑你們的片面之詞就隨便放你們進去……」

「莉草，怎麼了嗎？」

輕柔的女聲從城堡內傳來。

莉草轉頭望向朝著自己走來的短髮女僕，點頭致意：「蒂亞小姐。這裡有兩個孩子說他們有要緊事要找城主……」

話還沒說完，兩個小孩立刻從莉草的身旁鑽了過去，連阻止都來不及，就見座敷童子拉著枕木童子直接跑到女僕面前用力抱住她。

「蒂亞姐姐！」

「蒂亞姐！」

女僕蒂亞臉帶驚愣。

「座敷、杦木！？你們怎麼突然來了？」

蒂亞漂亮的眼抬起望去，莉草馬上收起長槍退到門邊，對著門外的愛瑪尼及青玉伸手橫擺，客氣道：「兩位請進。」

「謝、謝謝……」

抬頭觀看眼前的高聳城堡，青玉和愛瑪尼一起走入拱門。

夢幻城，聽說是由首屆創世大賽獲得冠軍頭銜的玩家所創立的城鎮，從她開始遊戲以來也聽過很多關於那位玩家的事蹟，只是沒有緣分親眼目睹。而座敷童子和杦木童子為什麼會認識夢幻城的人呢？

青玉滿是納悶與不解。感覺，這兩個孩子並不像他們所看到的如此簡單。

「莉草說你們有重要的事情要找王者少爺？」

「對！很重要、很重要！再不快一點，扉……」

群體的步伐聲從城堡外傳來，打斷了座敷童子的話語。

「喔！一回來就看見蒂亞在呢。我們回來囉！蒂——亞——」

腳步頓止在身後，來人本來歡喜的招呼轉為詢問：「……咦，有客人啊。」

——那是總讓人感覺到溫暖的聲音。

杴木童子拉了拉座敷童子的衣襬。

愛瑪尼和青玉看見來人，皆露出訝異的神情，喃喃：「那是……？」

「王者少爺，歡迎回來。」蒂亞彎腰致意。

座敷童子鬆開抱住蒂亞的雙手，轉身望去。

引領在人群最前方的，是一名身穿紅色服飾的少年。

俊俏的左臉從額至顴骨紋印著黑色魔紋，但耳型卻透露出此人身為人族而不是魔族的事實，與頭頂同高的金骨羽翅裝飾品掛勾在左耳作裝飾。及肩的銀髮梳綁成馬尾，右邊明顯比左邊長上三倍的不對稱瀏海挑染著綠與藍的色彩交叉編綁成至腰的長辮子，固定髮束的琉璃夾珠在陽光下閃爍著紅光。

少年如同寶石般的鮮紅眼瞳從疑問變成訝異。

座敷童子嘴一扁，眼淚瞬間奪眶而出，邁開腳直朝著銀髮少年跑去。她用力抱住王者，將臉埋進對方的懷裡後就是不停的啜泣。

「座敷？杴木！？你們什麼時候來的？怎麼了，哭成這個樣子，漂亮的小臉都變成包子囉。」王者沒想到兩個孩子會突然出現在此。

抽出一條手帕，王者幫女孩擦拭不停滾落的淚水，紅色的眼有著溫柔與安慰。

小上一倍的手舉起，用盡全身的力氣握住拿著手帕的手，在王者還來不及反應時，座敷童子哭喊著：「拜託，請救救扉空哥哥！再不快一點，他會死掉的，拜託快點救救他！」

▲▲▲◎▼▼▼

空氣夾雜潮濕的霉味，以及讓他覺得很不舒服的濕熱感。

腹部的地方有些疼，但比一開始被捅了一個大窟窿時要好太多了。對了，那個時候他好像聽到了青玉的聲音，還有伽米加和其他人的……

不知道水諸的傷勢如何？還有座敷和枕木這兩個小娃，他果然不該要求他們幫忙，應該要他們找個地方躲起來才是……

扉空睜開眼，直到視線的模糊感稍好上一些，他才看清楚自己現在在什麼樣的一個地方。

臉頰下的觸感很冰硬，而且四周瀰蓋的盡是灰黑的色調，在他的前方有一根根像是鐵柱的東西，伽米加和荻莉麥亞就在鐵柱的另一邊看著他，臉帶憂愁。

搞什麼，露出這種臉，好像他快死了一樣……

扉空調整呼吸的步調，手指花了些時間才找回活動的力氣，縮了又鬆。

手掌撐地，屏息。扉空撐力坐起。

而果不其然的，又聽見伽米加的哇哇大叫。

「扉空！？有沒有哪裡不舒服？身體怎麼樣？傷口呢？……對不起，都怪我！若不是我，你和荻莉麥亞……」

「你可……咳咳！」

扉空話還沒說完就連咳好幾聲，搞得伽米加又開始緊張兮兮的詢問。

壓著微微發疼的腹部，扉空隔著衣物探觸傷口的長度與深度。感覺起來比那時癒合許多，是青玉幫他治療的嗎？

那麼青玉他們呢？

環顧四周，扉空並沒有看見其他人，視線所及的範圍內只有伽米加和荻莉麥亞，且照他的觀察，這裡看起來很像牢房。

方正的四方形石房，房裡只靠著一盆鐵火盆照亮房間，牆上有幾副手鐐腳銬，左邊有扇帶窗的鐵門。

扉空撫著傷口，靠著欄杆的支撐站起，走到門前推了推、敲了敲，卻毫無打開的動靜。

這門明顯是鎖上的。

既然確定他們是被關起來，扉空也不浪費力氣硬要撞開門，因為他知道這門肯定是撞不開的。只是他不懂為什麼伽米加和荻莉麥亞在「牢房內」，而他卻在「牢房外」——雖然沒什麼差別，都一樣沒法子出去。

扉空走回鐵欄前，伽米加還在繼續唸著「不能走就不要勉強，乖乖躺著休息」之類的話。終於受不了的扉空忍不住回話：「你可不可以安靜下來？弄到我很煩。」

伽米加頓時一愣，嘴一扁，瞬間閉嘴了。

見伽米加反常的沒再繼續囉唆，扉空也懶得說話，他彎下腰，扶著地板跪著坐下，氣氛瞬間變得僵冷，直到荻莉麥亞開口說話才打破沉寂。

「伽米加很自責。」

扉空看著荻莉麥亞，再望向雙手放在膝上緊握的伽米加，嘆口氣：「我知道。不過遇都遇到了，再怎麼自責也沒用，現在最重要的是想辦法離開這裡。」

「恐怕很難。」

荻莉麥亞的回話讓扉空露出疑惑的表情。

荻莉麥亞指著天頂四角正閃爍紅光的現代機械，解釋：「在你還沒醒來的時候，我和伽米加已經試過每一種向外聯絡的方法，但是都沒效，系統稱這裡是無效區域，照我的推斷，應該是那幾個東西在干擾訊息的傳送。剛剛我和伽米加試著破壞那四個訊號干擾器，結果沒想到上面有保護咒術，根本無法破壞。畢竟是牢房，要是簡單的就可以向外聯絡，那麼根本無法關住人。」

扉空理所當然的推測道：「所以地圖也無法顯示。」

「嗯。」荻莉麥亞點點頭。

扉空伸手抓住被大鎖鎖著的鐵門，扯也扯不開。想找開鎖工具，卻發現自己身上根本沒有此類物品。

「那你們沒有可以使用的技能嗎？」

聽見詢問，伽米加和荻莉麥亞互看了一眼，同時起身。伽米加舉起爪子，而荻莉麥亞則是拿出一把小槍，兩雙眼直盯在扉空身上。

他們要做什麼！？

心裡才剛大喊不妙，就見荻莉麥亞直接扣下扳機，而伽米加則是用力朝他的方向揮爪，扉空直覺性的就是抱頭往下窩。

這兩個天殺的，居然直接朝他攻擊，就算要破壞牢籠也可以攻擊別的地方吧！

…………

……

——等等，怎麼好像沒什麼動靜？

扉空終於放下雙手，抬起頭，結果沒想到所見的景象卻是令他吃驚不已。

荻莉麥亞連扣扳機卻未見一顆子彈射出。

伽米加帶著金色光輝的爪子像被什麼東西吸附住一樣，超過欄杆位置的爪尖直接融進憑空出現的水波紋裡，等到爪子退開，水波紋也跟著消失。

扉空伸手探進牢裡，但是並沒有出現像剛剛吸收爪子的水紋。

「只要是攻擊就會被直接吸收，沒辦法出去。」

荻莉麥亞再拿出拆信刀往前一擲，只見拆信刀一接觸到與欄杆相同的位置，水波紋又再度出現將拆信刀整柄吸收進去，接著瞬間朝著荻莉麥亞的方向回射出來——

兩指直伸在眼前夾住筆直飛來的刀口，荻莉麥亞接下攻擊，再將刀子翻轉了幾圈後俐落收回腰間的皮革小包裡，接著又伸手穿過鐵欄，這次並沒有水波紋出現；而伽米加也收起攻擊技能跟著做出相同的動作，除了因為手臂太壯只能伸出指爪，但基本上也無阻礙。

「只有不屬於攻擊的物體才可以穿越。」

難怪他們兩個會這麼安分的待在裡面，原來是因為沒辦法衝出去，不管什麼攻擊都會被吸收掉，扔出的武器還會反彈，根本就是活生生的袋中老鼠，連點可以鑽的縫都沒有。

這下可真的棘手了。

突然的，扉空想到了一件事，看著兩人問：「那個瘋子不是只抓我一個人嗎？為什麼連你們也一起來了？」

問出話，扉空才想到這根本沒什麼好問的，肯定是他們跟著追來，結果卻一起被抓了。

「那時候炙殺使用傳送卷軸，我和伽米加本來是想要把你搶回來，結果沒想到卻一起被傳送過來，連真正的地點都還沒看清楚，就被弄暈了。不過出手的並不是炙殺，看起來他應該還有同夥。」

「為了復仇居然做到這種地步……」重重搥地，伽米加懊悔到語氣顫抖：「他會變成這樣全是我的錯，要是我拉著小鳳，要是我不要拒絕她，一切都不會發生……大家也不會……」

「如果是要講一些責怪自己的廢話可以免了，那會讓我傷勢加重。」扉空知道自己接下來所說的話或許會讓伽米加情緒更加低落，但他還是選擇繼續說：「我是不知道你和那傢伙有什麼樣的恩怨，不過聽起來應該是男女關係處理得非常糟糕。雖然沒立場說這話，但我還是得說……事情都已經發生了，不管怎麼樣的自責都沒用，想回到當初的那一刻根本不可能，你唯一能做的，就只有不停的走下去。」

摸著傷口的手指縮起，扉空垂著眼，繼續說：「就算再怎麼難過，還是得走……至於你所說的『他變成這樣』，表示那傢伙以前應該還沒有這麼混帳，接下來怎麼處理……也只有你自己做得到。」

「這話說得可真好呢。」

身後傳來鼓掌聲，扉空見荻莉麥亞和伽米加同時變了臉色，他放在傷口上的手瞬間縮成拳，蹬地旋身起步，朝著那站在門口的人就是揮出一拳。

「啪。」

悶音傳出，拳頭被粗厚的手掌接下。炙殺的眼裡出現可惜，手勁使力，掌心的拳頭被緩慢後拗，抵不住力的扉空抓著被制住行動的手腕，膝蓋一彎，重跪在地。

「話說得好，不過實力可就不怎麼好了。」

炙殺挑了眉，手用力一甩，脫離桎梏的扉空頓時朝旁撲倒。

帶上鐵門，門外跟著傳來了上鎖的聲音。炙殺跨過扉空來到鐵牢前，看著臉帶愧疚與氣憤交雜的伽米加，跪蹲著與他平視，嘴角掛著得意。

「真是的，別這樣看我，剛剛可是他先出手的。」

「放過荻莉麥亞和扉空，我任由你處置。」

「你現在是在跟我談條件嗎？」手穿過鐵欄杆揪住伽米加的領子將他用力扯到面前，炙殺話語冰冷：「你有什麼資格跟我談條件。」

「害得小鳳變成這樣的人是我，你想找的也只是我吧。麥格，不要牽連其他人，對你來說這只是浪費力氣，也沒必要，對吧？」

「誰說是浪費力氣！」

伽米加一愣。

炙殺扯起嘴角，揪著領口的手指鬆開，他起身睨視伽米加。

「只要能幫小鳳報仇，不管什麼事情都是很有意義。你知道我為什麼會特地留下那傢伙的性命？」扠著腰，炙殺垂下眉，露出憐憫的笑，「因為比起直接砍殺你，如果有個能讓你更加痛苦的釣餌，不是更好玩？」

——這傢伙……！

抓著困住自己欄杆，伽米加面露猙獰，「你敢動到他我就殺了你！」

「喔呦呦，這種表情真可怕呢。不過很可惜，你沒有資格指使我該去做什麼樣的事情。」炙殺無所謂的攤手，「況且，現在的你連出來都沒辦法了，還想阻止我？有辦法的話就衝出這座鐵牢，一爪抓破我的血脈。不過可惜的是，你們無法做到。」

看著瞪著自己莰莉麥亞和伽米加，憤怒的表情反而讓炙殺心情更加愉悅。

炙殺低笑著，下一秒瞬間變成冷漠咬牙，右手重重的搥在自己的胸口上，「直到這之前，我會隨心所欲的做我想做的事情，讓你體會當時，在這裡，我胸口這股直至今日都無法消散，這份椎心刺骨的痛！」

炙殺頭朝右偏，舉起的左手一把掐住從他頸後朝前直揮的手腕。

踏步起身，炙殺左手一個翻轉，靠空整個人瞬間被壓趴在鐵欄上，本來要揍人的右手被整個後拗壓制在背後。

「唔！」

手腕使力抵抗，但僵持沒幾秒，卻被更大的力道拉扯得更高。

荻莉麥亞趕緊靠上鐵欄，用力抓住炙殺與扉空僵持的手臂想要將他們扯開，可惜炙殺的力量之大，讓她不管怎麼使力都無法鬆動對方的手。

伽米加想要將手伸出鐵欄，卻因為粗壯的上臂而難以施行，獸掌揮著卻無法觸碰到炙殺，無計可施之下，伽米加只能握住扉空那抓著鐵欄的泛白五指，對炙殺威嚇：「快點放開他！」

「呵。」炙殺扯著嘴角，挑釁：「我、偏、不。」

炙殺猛力拉扯，將扉空整個人拉著站起。

他從身後壓制著扉空被拗到極限的手臂，單手繞過側頸直接掐住那纖細的脖子，特意將扉空的臉抬上。

滑開的瀏海露出蒼白的陶瓷面容。

炙殺吹了聲口哨，「這可真是意外！真不得不說，這張臉跟女人真有得比，所以才能讓那傢伙放上心對吧。」

鐵欄在激烈的晃動下發出尖銳的摩擦聲，伽米加重重一撞，凶狠的目光緊咬炙殺不放。

荻莉麥亞將槍械上了膛，直對前方的狂戰士。

「我說，如果妳剛剛試過了，就應該知道拿槍對著我也沒什麼用。」

荻莉麥亞心裡無限憤怒，扣著扳機的手後勾，機身內傳來「喀！」的空彈聲響。她狂按了好幾下，依然不見子彈射出去打爆那張該死的嘴臉。

罵聲「該死」，荻莉麥亞將狙擊槍重重扔擲在地上，拿出一顆黑色圓蛋就要拉開上頭穿扣的保險栓——

「如果我是妳，就不會用這種蠢到極點的東西。扔到我這裡可是連我手上這個『餌』都會一起炸死呢。」

「荻莉麥亞，直接把我和這混蛋一起炸死也沒關係！這傢伙根……」

扉空話還來不及說完，喉上的手指加重力道迫使他只能張嘴呼吸，而無法出聲。他左手用力扒住扣在他喉頭的手臂，想拔開，卻因為呼吸困難而難以使力。

「既然你都在我手上了，就閉上你那張嘴少說話，識相點。」

威脅完，炙殺稍稍鬆開了手指的力道，扉空馬上連咳好幾聲，急促的喘氣。

「如何？要犧牲妳的同伴來完成那個所謂的……大義？」

荻莉麥亞拉著保險栓的手指停滯著。

炙殺挑了眉，笑著繼續說：「妳看起來比隔壁那傢伙聰明。不過我說啊，從剛剛到現在，妳不會推測不出來這座牢房的功能吧？」

「……武器和技能的絕緣地。」荻莉麥亞沉聲道。

炙殺露出讚賞的眼神。

「果然聰明，任何武器及技能在這座牢房裡等同於無用之物，不只如此，還會反射攻擊。就算妳扔了那顆東西，也沒辦法把它扔出牢房，會彈回去炸死你們自己。看妳的臉色就知道剛剛應該試過這種挑戰，只可惜完全沒能成功對吧？哈哈哈、哈哈！那麼，接下來妳要怎麼做呢？」

指甲陷進掌肉。荻莉麥亞深吸口氣，將手榴彈收進腰後的皮革小包裡。

炙殺的眼裡顯現勝利的笑意。

「荻……唔！」扉空才剛想開口，背後的手又傳來掐緊的力道，反拗到極限的痛逼得扉空不得不停話。

「扉空！」伽米加咬牙重搥鐵欄。

可惡！為什麼他沒辦法打破這些爛柱子！只要能打破鐵欄衝出去就好了！為什麼他就是沒辦法做到！

「很懊悔嗎？」

伽米加抬起頭。

炙殺搖搖頭，「嘖嘖嘖……才這樣你就露出那種表情了，那麼接下來要發生的，你還有精神去承受嗎？」

抓著手腕的手加重力道，拉上了些角度，看著扉空咬牙硬撐的樣子，炙殺低頭靠在他耳邊，呢喃：「那時候我說過了吧……大發慈悲特地留下你這條命的意義。」

扉空右手使力急著想要掙脫，只是他的力量完全比不上炙殺。

「把你整治到不成人形，比起一刀要了你的命要來得有趣。那傢伙會和我一樣心痛到不行，對吧……」

——瘋子！

——這傢伙根本就完完全全的瘋了！

扉空真的很想喊他和伽米加根本就不是他所想的那樣子，但下一秒更讓他反應不及的事情就這樣發生了。

從後方傳來的力道直接將扉空朝火盆的方向推去，強烈的熱氣迎面襲來。凌亂的腳步無法停下，扉空只能用手擋在臉前，盡全力讓身子偏移重心，摔在盆架底下。

沒有正面撞翻火盆讓扉空鬆了口氣，但下一秒，感官馬上就放在頭頂傳來的熱溫上。盆器的材質是鐵，所以異常導熱，即使隔著盆子，那股高溫還是讓扉空受不了。朝前抓著地磚就要爬離，沒想到先前貫穿後背的傷口卻被重重的踩了一腳，這讓扉空差點忍不住叫出聲。本已變回乾淨狀態的漸層布料再次暈染出顯眼的色彩，如同盛開的紅色牡丹。

「麥格末！」

絲毫不理會身後傳來的怒吼，炙殺的視線全集中在腳下的扉空。

「照你的技能來看，你應該是冰系種族對吧。」

——就算我是冰系的種族那又如何，快拿開你的腳你這混帳！

扉空才想使力翻身揮拳，可加重的腳力卻迫使他再度摔回地面，撞擊聲響起，燒得燙紅的木炭連著鐵鍋直接翻落在他前方的地板上。

扉空趕緊用手抱頭護著，幾枚火星彈跳在未被服飾保護的皮膚上，對熱源異常敏感的體質讓原本小小的刺痛加劇數倍，就像是直接被烙鐵貼上的痛楚讓扉空胡亂的搓著手背。

他想要後退，遠離那股對他來說無法承受的熱意。

腦後有股力量阻止扉空退後，壓著腦袋的手掌施壓，火燙的木炭瞬間逼近眼前，與扉空只剩下不到幾公分的距離。

扉空聽不見其他的聲音，整個目光都是那橘黃的熱源，不想再靠近的恐懼讓他大叫著，用盡全身的力氣推翻、揮開炙殺壓在他身上的手腳，慌張爬起就是朝著最遠的角落跑去。

汗水從額頭、鼻梁滑落至下巴，滴落在湖水色調的領口上，扉空大口大口的呼吸，彷彿想用還算冰冷的空氣來讓快將他融化的體溫降低。手臂上的刺痛讓扉空舉手查看，不只手背皮面被火星燙到的地方皆露出兩、三倍大的的粉紅肉層，手臂的白色繃帶除了被燒開的焦黑外，還夾雜著刺眼的紅。

——很痛，真的很痛。

抹掉整臉的汗，扉空聽見鞋底踏踩地板的聲音，剛抬頭，就看見炙殺又朝著自己所在的方向走來，心理開始產生的排斥感讓扉空直想躲開。

——能躲就躲，不要再讓他碰觸到我。

背部貼在牆面，扉空左右看著，然後跑向左方的鐵牢。

——我不要再和他面對面！

衝擊從後方攀上左腿，腳步一個混亂，扉空摔倒在地。他回頭看，只見裙袍被劃開了一道破口，朱紅色調從破口向外擴散。

扉空壓著後腿的傷口，才剛想爬走，另一隻腳也在同時刻傳來劇痛——左腳的腳踝被一把匕首直直插進，刀身幾乎隱沒一半。

「扉空！」伽米加緊抓著鐵欄，看著開始侵蝕水藍的鮮紅，以及那金眸裡的恐懼……他難以呼吸。

掌心下傳來猛力的震動讓伽米加彈開了手，他轉頭，發現身旁的荻莉麥亞正高抬著右腳。

荻莉麥亞深吸口氣，伴隨著壓低的喝音，紅色的高跟皮靴直接踹擊在鐵欄上。

一下！

兩下！

三下！

不顧從腳心竄上整隻腿的麻意，荻莉麥亞拚命的就是朝著鐵欄一陣猛踹。見到如此，伽米加也跟著加入踹欄行動。震動比剛剛更為劇烈，只可惜雖然鐵欄震動抖落了灰塵，但卻依然不見有任何斷裂或彎曲的現象。

為什麼——為什麼不快點毀壞！這該死的監牢！荻莉麥亞憤怒不已。最後一踹，鐵欄依然不動如山，大鎖連鬆脫的跡象都沒有，但荻莉麥亞卻因為左腳無法站立而向後跌坐。

伽米加嚇了一跳，趕緊跑到荻莉麥亞身旁扶著。

「總算安靜了呢。」

作勢掏了掏耳朵，炙殺攤開手，「真是的，明知道是牢獄，要是做得讓人容易打破，根本就失去價值了吧。雖然你們很努力，不過還真是可惜，你們救不了他。」

「說了不要動他——！」

搔了搔眉尾，炙殺望向伽米加，聳了聳肩，彎腰揪起藍色的髮絲，用力扯著。

疼痛讓扉空整張臉全失去了血色，但心中的抗拒還是讓他擠出力氣想要朝後揮拳，只是他手才剛掙扎舉起，卻馬上被早一步看穿他行動的炙殺抓住，肩頭的關節被踩著，整隻右手被整個後扯拉直。

扉空拚命的想翻身來減少疼痛，但是卻無法做到。

「居然還有力氣反抗……不過想想也是，斷了雙腳的行動，還有手嘛。」

「麥格！」伽米加努力壓抑心中的不安狂跳。

他知道他想做什麼，他絕不能讓他這麼做，不管怎麼樣都要阻止！

雙手撐在地面，伽米加額頭重重磕地。

看著獸人的行為，荻莉麥亞難以置信對方居然向炙殺磕頭。

「拜託，請你住手！對不起，是我不好，是我不該傷了小鳳的心！一切都是我的錯！拜託放過他！扉空只是個局外人而已！所有的一切我都願意承擔，不管你要殺要剮我都沒有怨言，所以……」

每說一句往自己身上攬的道歉，伽米加就磕一次頭，灰黑的地板不知道從第幾次開始出現了暗色的漬跡，珠水從額頭滴落，綻放成花。

他自己怎麼樣都無所謂，但絕對不能讓其他人再因他而受到更重的傷。

「拜託你，麥格……拜託你放過他，我拜託你……」

語氣到最後幾乎顫抖，帶著卑微的懇求。

從凌亂長髮的縫隙間，扉空看見伽米加懇求炙殺放過他的樣子，鼻子有著酸意。

為什麼他得淪落到要別人這樣拋下身段的為他求命？

荻莉麥亞為了他動了怒氣，用著會傷害自己的行為也想要衝出鐵牢。

明明就是驕傲到不能再驕傲的獅子，為什麼現在卻得趴在地上求這個混蛋！

而他，卻只能像隻弱小無力的蟲子被這樣該死的踩在地上，什麼話都說不出口，什麼力氣都使不上，只能這樣看著自己的失敗……

炙殺注視伽米加那拋棄尊嚴的行為，然後將視線重新放回腳下凌亂呼吸著的身軀，他眼皮緩緩闔上，抓著扉空手腕的手放低了些高度。

放鬆的動作讓伽米加臉上出現喜色，但下一秒這份喜悅馬上被打回現實。

他看見那原本抿平的嘴角揚起更高的扭曲弧度，原本踩著肩膀的腳移到了被反抓著的手肘上。然後，腳高高舉起——用力踩下！

脆弱的斷裂聲傳進耳膜，劇烈的衝擊讓扉空瞬間忘記該如何呼吸，只能順著那股無法忍受的痛意發出淒厲的哀號。

「啊啊啊啊啊——」

炙殺鬆開五指，變成扭曲角度的手臂癱軟落地。

「麥格末——！」

伽米加用全身去撞擊鐵欄，但徒勞無功。

全身忍不住劇烈顫抖，麻痺神經的痛抽去扉空所有的力氣，即使想用左手去觸碰傷口，卻連移動都做不到。

扉空只能急促的呼吸著，疼痛與失血讓他的腦袋一片空白，暈眩在盤旋。

——好想離開這裡。

——好想遠離他。

——真的真的寧願死也不想遭受這樣的痛，痛到了極點卻無法死掉。

「你不會以為你那廉價的道歉就能讓我原諒你所犯過的錯誤吧？」炙殺咯咯的捧腹笑了，走到鐵牢前，張手高聲宣揚：「你本來就該道歉。本來就是你的錯。小鳳會出車禍全部都是因為你，是你毀壞了我們三個人的牽繫，是你毀了我們都該獲得的未來，我和小鳳的人生會壞掉……全都是因為你！」

一隻腳穿過鐵欄直接踹在沉溺於自己情緒而來不及反應的炙殺身上，強勁的力道讓鋼鞋後滑了幾十公分，炙殺瞇起眼角。

穿著紅靴的腳縮回牢內——荻莉麥亞的意外出腳讓伽米加也錯愕。

「就算武器和技能都不能使用，但我還有手腳。真後悔當時治裝時沒買那雙鞋跟尖上一倍的高跟鞋，不然就能把你這人渣直接踹出個洞。」

拍了下膝蓋，荻莉麥亞加重眼神。

「廢話一句就夠了。說了那麼多，還不就是自己沒有背負不幸的肩膀，所以就把這些自己無法承受的重量任性的朝向別人身上扔。你，還真可憐。」

炙殺瞬間出現猙獰表情，但幾秒之後卻又勾起嘴角，低低的笑著。

「不得不說，妳是個很有趣的女人。」

拍拍護甲上的灰塵，看了眼鐵門窗外的人影，炙殺瞧了地上已經無法行動的廢人一眼，伸手拔起插在扉空腳上的匕首。

拉扯的動作也讓已經痛到極限的扉空一個畏顫。

匕首在手上拋轉了圈，炙殺對著荻莉麥亞與伽米加扯出了一抹示威的笑，然後他轉身走向鐵門，門外傳來開鎖的聲音。

炙殺推開門，離開了牢房。

門外傳來重新上鎖的聲音。

但他們緊繃的神經並未在炙殺離去後獲得放鬆。

「扉空……扉空？」

伽米加整個人貼在鐵欄上叫喚著趴在前方地板全身是傷的扉空——整齊漂亮的髮束早不知在何時變成散亂不堪，讓人無法看見蓋住的臉龐，衣袍的血擴散到幾乎染紅一半的面積，呼吸是種微弱的氣音，細到要安靜下來才能聽見。

「扉空。」

荻莉麥亞握著裝有紫色液體的玻璃罐子，伸直著手，施力將瓶罐朝扉空滾去。

圓柱狀的罐子向前滾，距離越縮越短，卻在即將到達的前一刻停止在突起的磚縫上。

看見藥罐停在距離扉空身邊三十公分處，荻莉麥亞忍不住心急的輕喊：「扉空，那是傷藥，喝下去傷才能好起來，差一點點而已，就差一點點，你能動吧？只要伸手就能拿到的，你可以辦到的！」

——傷藥。

——喝下去就不會那麼的痛，就能脫離這痛苦。

扉空喘著氣，手指止不住痛楚帶來的顫抖，一指一指用著緩慢的速度寸寸伸長，爬近。眼見即將觸碰到瓶身，扉空忍住發抖，屏著氣，手指再度努力的伸長。指尖碰觸到瓶身，但藥瓶卻因為這微小的碰觸而往反方向滾回了幾公分。距離再度拉長。

扉空張開了嘴，牙齒用力咬著嘴唇，手指縮起，重重的朝著地面搥了拳。

明明是很輕鬆就能辦到的事情，如今他卻連用盡力氣都難以做到，憤怒與不甘讓眼前的景象變得模糊。

他無法拿到藥瓶。

為什麼他得變成現在這樣？明明近在咫尺，卻無法觸碰到。

耳邊傳來只有他一人能聽見的提示聲響。

是那顆被強制收回的寵物蛋，央求著主人執行孵蛋動作。

但是現在只剩下左手的他根本無法點擊面板。

如果無法出來，這樣下去，那顆蛋真的會死掉嗎？會因為他的弱小而死掉嗎？

——對不起，如果你可以自己出來的話就好了……

視線在晃動，扉空無法分辨出究竟是因為身體的顫抖還是起伏的呼吸造成的，麻木神經的痛楚讓暈眩加重。

扉空沉重的眼鎖在前方無法觸碰到的藥瓶。

喘息之間，他眼皮閉了又張，視線突被一層白占據，白面上還有很眼熟的銀色條紋。現在的他連動根手指都難，更別說要抱住這顆自己離開寵物欄要等人孵的白蛋，但是……

緊咬牙，扉空微慢的將頭朝前靠過去，額頭靠上冰涼的蛋面。

景象變得模糊。眼淚從邊角滑落過鼻梁，落進天空藍的髮絲裡。

「沒事的。」

虛恍間，他好像聽見了那道耳熟的音調。

充斥視線的白色蛋面在眨眼間被跪坐著的膝蓋所取代，那是熟悉的粉紅與白色相間的條紋褲子，帶著醫院特有的藥水味道。

臉頰被冰涼的觸感貼上，扉空又再度聽見了那讓他放鬆神經的輕聲細語。

「哥哥，放心吧。只要睡一覺，醒來之後一切都會變好的……」

「我會一直陪伴在你身邊，所以，沒事的。」

扉空閉闔眼皮，這次終於沉重到無法再睜開。

——如果這一切都是夢，就好了。

▶▶Loading...

第五伺服器

為了「家人」而起的城戰！

Create Dream Online

「前輩。」

從牢裡出來的炙殺看向身穿袍服的黑髮男子，微笑。

「找我有什麼事情嗎？潮風。」

冥限大城的城主皇甫潮風欲言又止，最後嘆息了聲，勸道：「前輩，若真的不是發自內心的想做，就到此為止吧。」

炙殺的笑緩慢垂下。

「潮風，我以為你了解我。」

「……我知道因為學姐讓你對……對那一位很不諒解，但是……」眼神左右飄移，皇甫潮風神情複雜的望向鐵門的窗口，「那些人是局外人。」

「只要和那畜牲相關，就不會是局外人！」

被對方一吼，皇甫潮風不自覺的縮了下肩膀。

「我以為你懂的。」

炙殺的聲音帶著傷痛，膝蓋一彎重跪而下，用力朝著地面搥了一拳。

「我以為除了小鳳，你也會懂我。」

他不是不懂，只是……

透過鐵窗看去，裡頭的藍色身影讓皇甫潮風不忍的撇開眼。這種遷怒的行為，只會讓自己傷得更重，他只是比任何人都還要清楚這一點罷了。

看著眼裡只有怨恨的炙殺，皇甫潮風無聲的嘆氣。

「我知道了，前輩。」

炙殺抬起頭，只見皇甫潮風將手搭放在他的肩上。

「我是因為前輩才能脫離那種生活，如果沒有前輩，我也不可能擁有現在的人生，所以，我會一直站在前輩這一邊。」

比起明知錯事的罪惡，他更不能放棄的是對著過往的他施予過無比恩惠的炙殺。

握住搭在自己肩上的那隻手，炙殺的眼裡有著期待與欣喜。

「我就知道你會懂。謝謝你，潮風。只要這次就好，等我替小鳳報仇後，讓那個人也深刻體會這份恨到極點的苦楚，我保證！我不會再踏入《創世記典》，我也會盡我所能的回報你這份恩惠。」

皇甫潮風看著炙殺好不容易露出的笑，即使自知這笑容的背後其實藏著錯誤的罪孽，但他能怎麼辦？

他無法阻止。

即便他知道這麼做是不對的，也很有可能會賠上整座冥限大城，可他能怎麼辦？

他根本阻止不了。炙殺的恨已經根深蒂固，不論他怎麼勸都沒有辦法讓他聽進去，所以他只能這麼做。

「不。」皇甫潮風輕聲低語。

炙殺一愣，注視著對方。

皇甫潮風露出一抹苦澀的笑，蹲下身，與炙殺平視。

「你不必回報我，因為過往的你已經給過我一個未來的恩惠，所以這次與你站在同處，是我對你的回報。」

牢裡的人和那一位，他相信他們一定也有他們的同伴，那些人肯定不會就這樣放著不管。事情，不會這樣就結束，甚至還會賠上整座冥限大城，但是……

手上這份沉重的重量又要他如何是好？這樣沉重的恩惠，或許真的只能用這樣的結果來作為回報。他真的無法就這樣放著炙殺不管。

因為舒鳳學姐的意外而變成這樣的前輩……

真的……太可憐了。

▲▲▲◎▼▼▼

冥限大城外的樹林區，許多人影遍布藏匿，尤其是最靠近外圍的前線，整排人靠著矮木叢草遮蔽身影，觀察著前方擁有高聳圍牆的城鎮。

冥限大城城外有一條環繞整座城的護城河，河面上唯一的通行木橋其實是城門的門板。城門的結構除了木門，還有個鐵柵欄的內城門。開放時間到的時候，會放下外城門讓想入城的玩家可以直接橫跨護城河，進入冥限大城。

大門兩邊有十名衛兵，圍牆上有整排的防護兵，武器弓、劍、銃平均分布。

幾名玩家憑空出現在空地，喧鬧著走上橋板，進入冥限大城。從開敞的門口可以看見城內有許多玩家悠閒的來來去去。

「會長。」

穿著綠色舞服的少女壓低身子從旁邊快步走來，靠在波雨羽耳邊說了幾句。

聽完之後，波雨羽點頭，表示明白。

打開公會廣播，波雨羽的聲音清楚的在每個人耳邊響起。

「剛剛山椿回報，從她在冥限大城裡打工的朋友那裡確定，炙殺在半天前確實在城堡裡出現過，而且待在城堡下的地牢有段時間，直到兩個小時前才剛離開。因為職位關係，他只能從旁幫忙打聽，但確定了一件事情，有人被關在地牢裡，是伽米加他們的可能性相當高。另外，聽說炙殺和冥限大城的城主『皇甫潮風』好像有很深厚的交情。」

「我聽過皇甫潮風的風評，聽說他人不錯，處事也算公平公正，怎麼會和炙殺那種人有交情呢？」某人傳來的疑問。

「也許有什麼原因吧，畢竟我們沒有辦法知曉當事人真正的想法。不過要是這樣，這次的突襲，冥限大城會出力阻擋是肯定的事情了。」波雨羽嚴肅道。

「兩百多人對上七百以上的兵力是吧……」某邊傳來嘆息的男音。

「阿良，不要故意用這種沉重的語氣來打亂大家的信心啦！不管多少人都一樣，我們一定要救出扉空他們！」另一邊傳來憤憤低喊的女音。

「我才沒有故意擾亂軍心，只是隨口說一下而已！麻糬妳才是，不要等等進攻跑到一半又玩跌倒，認真點！」

「齁，這時候你們兩個不要用公會頻道吵架啦！要吵去私頻吵，現在是緊急時刻耶！」突然冒出的一句話讓吵嘴的兩人瞬間閉了嘴。

波雨羽嘆口氣，扶著額問：「還有多少人未到？」

「除了現在正在北方和西方大陸進行任務的21、35、74、103、107五組隊伍，以及由呀鴨率領正在攻略迷宮的86分隊，共計三十二人未到；另外，未上線人數則有十一人。其餘已在五分鐘前全數集合完畢，按照指示分布部署，全等會長下令。」浴血銀狐詳細的報告著。

——那麼就是一百七十八人要進攻七百人以上是吧。

——比預計數字要少上好幾人呢……

波雨羽看著前方百公尺高的城門，臉色凝重。

「會長。」

他轉頭望向左方的水諸，只見水諸抿著脣，用力點頭，認真說：「我相信您，請您帶領我們將扉空他們救出來，拜託了。」

「我也是。」天戀握著腰間的刀柄，「只要您一聲下令，我隨時出動。」

「會長。」

「會長！」

波雨羽環視眾人，視線所及，所有人都對他點個頭——只要他一聲令下，他們隨時聽候差遣，赴湯蹈火，在所不辭！

他們相信他能帶領所有人救出扉空、伽米加與荻莉麥亞，不管處境有多險惡，他們都願意付出所有來換取；能夠擁有這樣一個真正稱得上「家」的公會和一群「家人」，他慶幸自己來到了這個世界，有此信任，此生無憾。

波雨羽舉起手，正準備下達第一道指令，後方遠處突然傳來了不安的動靜。

細微的草木摩擦的沙沙聲音傳來，直至越來越明顯，幾道人影飛快的穿梭在樹林間，朝著波雨羽所在的方向接近。

在波雨羽回頭的那一刻，人影從枝頭上跳下，落站在他身後的空地。

定神看去，來人是一名看似年輕、身穿紅服的銀髮少年。

在少年出現後，還有另一名穿著泰拳服飾的褐髮男子，以及身穿白色騎士服飾的金髮男子同時從枝幹間跳下，止步在少年身後。

四周的人嚇了一跳，紛紛抽出自己的武器直指突然出現的三人，將他們圍繞住。

兩邊也傳來了不同的騷動，但一樣都是出現了不速之客。

波雨羽起身觀察雙方的情況，最後將視線落在前方的銀髮少年身上。陌生的面容讓他警戒，但從對方身上並沒有感覺到任何的敵意，這又讓他困惑。

「你就是座敷和枕木說的，『白羊之蹄』的公會會長波雨羽？」在沉默間，銀髮少年率先傳來詢問。

聽見熟悉的名字，波雨羽一愣。

「你是……？」

急促的腳步聲打斷波雨羽的問話，愛瑪尼和青玉從後方趕到，看見被武器圍指著的三人，慌忙要大家放下武器。

座敷童子和枕木童子鑽過人牆跑到銀髮少年面前張手護著。

拍了拍兩個孩子的頭頂示意他們別緊張，銀髮少年對波雨羽露出帶著歉意的笑容。

「抱歉，我無意造成各位的驚擾。忘了先自我介紹，我的名字叫做『王者』，他們是『日天君』和『雷皇』，因為受到座敷、柀木、以及你們公會兩位會員的委託，所以特地前來幫忙。那邊的人都是我方人馬，還請各位別為難他們。」

「等等……我記得王者這個名字不是……！？」

人群裡傳來一聲驚呼，王者朝著那位少女點了點頭。

「所以座敷和柀木所說的援軍是……」

王者只是微笑。但就算他不說，波雨羽也馬上知曉了。座敷童子他們所說的援軍，就是夢幻城的城主。

「對於軍力分配方面我不太擅長，這部分可以麻煩你嗎？至於夢幻城所帶來的兵力，日天君和雷皇會和你講解，你們可以先討論一下如何分配部署。」

站在後方的兩名男子點頭致意，向波雨羽做了一同前來的兵力介紹：有六十三名遠戰兵力，包括三十名弓兵、二十名銃兵及十三名法師職系，另外還有一百三十四名近戰兵力，所使用的武器籠括劍、槍、鞭、斧，還有其他較為特殊型的兵器。

夢幻城帶來的兵力加上白羊之蹄原有的人員，和及時趕來的愛瑪尼四人，大概有三百七十九人，但與冥限大城的兵力相比，仍是差上許多。

「還是不夠啊……」

說完，波雨羽才發現自己竟然將心裡話說出嘴，慌忙舉手為自己的唐突解釋：「我沒有其他意思，你們能挺身前來幫忙我真的很感謝，但是……」

一聲突然響起的提示音讓王者對著波雨羽說了聲抱歉，停止對話，轉而打開通訊影像。影像裡是名芥子髮型的眼鏡少女，和少女聊了幾句之後，王者說了聲「謝謝」，關掉影像後卻又傳來友人請求通訊的提示，就這樣接連接了四、五通影像訊息。

「我知道了，感激不盡。」

關掉影像，王者望向樹林的深處緊盯好幾秒後，綠黑的色調有些晃動，還摻雜出現好幾種其他色彩。

仔細一看，竟然是整整好幾團的人，幾乎遍布樹林深處！

那些人身上雖然不是穿著制式服裝，但環視過去，短旗上特有的徽章圖各代表著每團所屬的城鎮及公會軍團。

領在各個兵團前方的五名將領來到王者面前，拱手作揖。

王者以點頭作為回應，道謝：「感謝各位特地前來相助，也替我向你們的城主、軍團長再次表達我的謝意。」

「知。」

五人手勢一舉，後退到各自的軍團前方領軍待命。

將目光轉回波雨羽略帶驚愕的面孔上，王者為剛剛失禮打斷對話道歉：「不好意思，剛剛打斷了對話。你是擔心光是夢幻城和白羊之蹄的兵力加起來難以攻進冥限大城吧？那麼請不用擔心。這些人是墮鬼城、烈焰城、陽暮風起城、SUN MOON騎士團、薩布利多軍團特地出借的兵力，相信合加起來，絕對有足以進攻的能力。」

即便不用特地知道數量，光看這陣仗，他就相信絕對有足以進攻的本錢。波雨羽心裡難掩激動，他沒想到座敷童子和枕木童子竟會帶來如此大的助力，如果是這樣，他有九成九的把握能救出扉空他們。

「另外——」

從情緒中抽回神，波雨羽注視開口說話的王者。

「如果可以的話，我希望能以和平解決作為前提。我還是得先問，你們是否真的已經確定你們所要找的人就在冥限大城裡？」

「剛剛已經確認過了，我們的家人現在正被關在城堡的地牢。」

「家人？」王者感興趣的笑了，「你的說詞非常有趣。好吧，既然已經確定，那麼要求對方交出人也是能站得住腳……我會先以夢幻城的名義來與冥限大城進行交涉，只要他們交出人，那麼這戰也不需要打了吧？」

「如果可以和平解決，我們當然樂見其成。」

王者點頭，對著日天君和雷皇說了聲：「走吧。」

兩個孩子也想要跟隨，卻被王者要求待著聽話。

即使不願意，但王者都出口要求了，座敷童子和枕木童子也只能乖乖聽話的待在青玉的身邊。這副乖巧模樣讓愛瑪尼頓生感嘆。

王者三人跨出草叢，站在冥限大城城外的寬廣空地。

見自家城主行動，其他夢幻城的隨行者也跟著走出樹林，人數整排橫著環繞，列排人牆。

波雨羽做出手勢，原本騷亂站起的人馬上再次壓低身子，將感官全集中在前方的王者身上，做好隨時應變的準備。

正要進入冥限大城和離開的玩家看見城外的長排人龍，紛紛閃了邊，用傳送符先前往別地，或是跑進城內的屋宅、商店裡躲藏，避開這令人大感不妙的氣息。

城牆上與城門的衛兵架起武器做出警戒動作。

「好，那現在就直說了。」

王者手持印著宇宙星河圖案的擴音喇叭，按下開關，像是氣體在鼓膜內衝撞的響音瞬間傳出，持續了三秒之後靜止。

「咳！喂喂喂。」感覺音量有些小的王者轉了下手把下的轉軸，再試了聲：「貼西貼西——嗯，這個音量大家應該都可以聽見，就算想要裝作聽不見也沒有辦法。」

王者右邊手肘被輕輕一撞，左右門神傳來了咳嗽聲。

王者扯了扯嘴角，抓了抓後頸，不敢再多說廢話，決定直接劈入重點。

「OK。冥限大城的各位，大家好，我是夢幻城的城主王者。」

「在今早時刻，你們城內的某名玩家刻意襲擊白羊之蹄公會的人，並挾持其中三人用傳送卷軸離開，經過追蹤與確認之後發現，目前那位玩家以及白羊之蹄三名被限制住行動的人質皆被藏匿在冥限大城裡。現在，我受白羊之蹄所託，來此宣明……」

深吸氣，王者語氣嚴肅：「我的訴求只有一個，冥限的城主，請您立刻釋放那三名人質，否則的話，我方夢幻城將與白羊之蹄以及其他五座城鎮、公會的部屬兵團，以武力直接強行救援！」

直白的「不放人，就攻城」的威脅，讓冥限大城裡開始傳來吵雜的交談。話雖如此，但更重要的是冥限大城所表現出的態度。

是要放人？

抑或是裝聾？

王者才剛準備放下擴音器，城門上方的半空突然出現了巨大的螢幕影像，影像裡是名只有拍攝到半身的黑髮男子。

「比預計的還要快，說不定等一下就可以回去了。」

「不，是必須拖上一段時間。」

王者望向雷皇，咦了聲。而對方則是將目光放在影像上。

「冥限大城外的諸位，我是冥限大城的城主皇甫潮風。夢幻城的城主，你的訴求，我聽見了，但是很抱歉，冥限大城裡並沒有你所說的人。」

——居然說城裡沒有那三名人質，這樣說的話，到底是波雨羽沒有正確的確認，還是這城主在說謊？

頗討厭深度思考的王者皺起眉。

突然，雷皇靠到王者耳邊說了幾句話。離開之後，王者露出明瞭的眼神。

輕咳一聲，王者再度舉起擴音器，試探性的詢問：「我聽說冥限城主您和炙殺交情頗好，看起來應該是真的，只是沒想到會好到讓您願意用整座城來賭，這倒是讓我大開眼界。」

「……我不知道你在說什麼。」

雖然只有一瞬間，但王者可沒漏看那異樣的臉色。

如果城裡真的沒有這個人，根本不需要在猶豫之後才回答，因為這只是個直覺性的問題。

心裡已經有個底的王者，拿穩擴音器，再接著說：「我在說什麼，相信城主您自己心知肚明，外傳城主您的處事風格公正公平，事實上只要交出我們想要的人，讓他們回到想回去的地方，我方就會馬上離開，絕不為難冥限大城。」

「……」

「炙殺和三名人質在哪裡？」王者加重了語氣。

皇甫潮風的眼神朝旁游移了些，隨後闔上眼，重複陳述剛剛的說法，只是這次句尾卻加上了放手一搏的感覺：「我說了，城裡並沒有你說的人。就算有，我城也不會因為你的片面之詞就隨便將我的同伴交出，倘若這樣的回答還不足以讓你滿意，堅持要以武力相向，那麼也無妨，我冥限大城立即候戰，絕不退縮！」

影像啪的瞬間消失了。牆上以及城門口的衛兵馬上激增了兩、三倍的人數，矛頭全指向城外的人牆。

「態度居然強硬成這樣。」被突然斷話氣到的王者差點把擴音器往地上砸，但想想摔壞了也可惜，只好悶著氣將擴音器收起，詢問身旁的日天君。

「日天君，你怎麼看？」

「剛剛面對你的提問他除了猶豫，還有沉默，代表他對這個問題是需要思考答案的，且當你說出炙殺這個名字以及直接的逼問時，他的眼神會習慣性的閃躲。很明顯，他不是個擅長說謊的人，但他必須說謊。」

「炙殺和三名人質確實在城裡，他們能不引起騷動而安好的藏著，我想……皇甫潮風絕對占很大的功勞。」

日天君繼續分析道：「不過，他又特地在話裡向我們透露炙殺和人質確實在城中，看得出來他並不是百分之百支持炙殺的行為，或許有什麼原因讓他非這樣幫炙殺不可，而且是個足以讓他賭上整座城的原因。看來，能不能攻進去救到人，只能看我們自己的實力了。」

「雷皇你的看法呢？」

「和日天君差不多。」

兩人所見略同，那麼也就沒有爭議了。王者將得到的結論用擴音傳達給其他人知曉。

收到王者的說明，波雨羽向身旁的明姬下令：「傳令下去，備戰。等等指令一下，遠戰部隊全力掩護近戰部隊，第一目標是城牆上的弓兵及法師。近戰部隊的主攻，先以確保過河橋梁為優先。另外，後線的醫療部隊隨時待命。攀牆梯及火藥先準備好，等會兒到足夠的距離後就使用。」

「是。」

明姬開啟公會頻道向所有人做出備戰宣言。

波雨羽抹了下手上的汗，這種時刻果然很讓人緊張。

「你還好吧，波雨羽？」

看著蹲走來到他左邊的愛瑪尼，波雨羽的視線再度回到前方的背影上。

「沒什麼，只是緊張罷了，第一次和這麼多人一起準備攻城……對了，你們帶來的援軍超乎了我的期待，辛苦了。」

本該回答的聲音並沒有出現，波雨羽疑惑的望向沉默的愛瑪尼，問：「怎麼了？」

「沒什麼，只是……」輕嘆口氣，愛瑪尼露出愁笑，「只是覺得我還真是個差勁的人。」

「你現在才知道？」

「……你就不會說點安慰的話嗎？」

「我不擅長安慰人。」

「最好是。」瞪了波雨羽一眼，愛瑪尼趴在草叢上，突然轉移話題：「座敷和杦木真的很讓人意外。」

是啊，夢幻城加上其他三座城鎮以及兩座公會，確實是超乎他的想像。

「但這個意外是現在的我們所需要的。」

愛瑪尼聽著波雨羽的回答，笑了，隨後朝旁邊走去。

「我去小青玉那裡，畢竟那兩個孩子太活潑了，等等又拉不住就糟糕了。」

看著愛瑪尼的離去，波雨羽將視線重新放回遠處的城牆，滿滿的整排弓兵已經拉弓待命，還有好幾名火槍兵穿插在列隊中。

波雨羽深吸口氣，將手放進口袋裡握了握那等待著主人的巧克力。

——再等等，請再等一下，我們馬上就會趕進去救你們。

守備方 援軍團

在白羊之蹄以及後方五軍兵團整裝待命後，將視線從後方收回的王者瞧著日天君，聳了聳肩道：「這次，可就真的不是我挑起的爭端了。」

日天君苦笑著，與雷皇互看了眼。雷皇回以點頭，將手放在腰間的劍柄上。

——結果還是必須這樣是嗎？

前方的衛兵透出肅殺氣氛。日天君嘆口氣，拉緊護手的綳帶，開口道：「申請攻城。」

王者雙手交叉握住腰間的刀柄，刀身緩慢的從鞘口顯露，眼裡閃爍冷光。

「准許。」

一抽，雙刀冰雪丸同時出鞘，透明的刀身映漾著七彩的光輝，夕暮之下，更為耀紅。

同時，城面的上空出現了黑色的巨大螢幕面板，以及六十秒的備戰倒數。

城戰

進攻方 援軍團

公會【白羊之蹄】加入
……認可
主城【烈焰城】加入
……認可
主城【墮鬼城】加入
……認可
主城【陽暮風起城】加入
……認可
公會【SUN MOON騎士團】加入
……認可
公會【薩布利多軍團】加入
……認可

波雨羽垂手一喚：「落櫻。」

一把金身長戟出現在他的左手。由飄落櫻花點綴而出的曲線圈繞於不同長度的雙叉周圍，叉尾與柄身中間連結處鑲著發出熠光的藍色寶石。

就算身在白羊之蹄，許多人也未見過波雨羽出動過本身持有的武器。如今，傳聞的落櫻被喚出，代表戰爭已無可避免，以及他們的會長所下定的決心。

周圍兩邊的白羊人馬、後方的五軍兵團以及最前方的夢幻城兵屬紛紛叫出自己的武器。

站在波雨羽身旁的明姬推了推鏡框，將花傘收掛在手臂上。

「為了三名新會員拿整座公會來賭，你還真有膽。」

「我只是想保護我們的『家人』。妳明明也很著急的，不是嗎？」

瞧了眼將視線放回前兵上的波雨羽，明姬輕哼了聲，她拿起花傘，按下傘骨中央的卡榫，握著J型的傘把一抽——銀細的西洋劍顯現，陽光之下映著金紅的刺眼反光，失去傘骨的花傘幻化成粒子聚集在西洋劍的劍柄之上，原本的四色薔薇隨即綻放成西洋劍的護手。

備戰倒數歸零，三小時的巨大數字出現在面板旁。

『02:59:59』——秒數開始倒轉，攻城時間進行倒數。

「攻城——！」

王者舉刀令下，雙方肅殺一觸即發。

「我們上！」

長戟高舉，在波雨羽的帶領下，白羊之蹄全員衝出樹林的避障，直往前方的城門衝去。

▲▲▲◎▼▼▼

「啾、啾啾……」

又是醫院裡的哪個小孩在亂跑了？

明明就貼了靜止喧譁的說明，居然還故意穿這種會發出聲音的鞋子。要是吵到碧琳睡覺，看他賠不賠得起！

少女的臉帶著安詳，即使入眠卻還是掛著上揚的微笑。些微瀏海滑動剛好停蓋在捲翹的睫毛上，看著那微微顫動的眼皮，像是在訴說著不舒服的樣子，他趕緊伸手將那瀏海輕輕撥開。

呼吸恢復平穩，少女又沉睡著。

工作一天的疲累讓他不自覺的趴在床榻邊，將頭枕在右手上，打了個哈欠。

他真的很捨不得。

捨不得漏掉任何一分一秒可以看見這笑容的機會。他知道療程並不輕鬆，但碧琳卻從未在他面前露出任何笑容以外的表情。

——在我面前一直努力的維持笑顏，一定很辛苦吧。

——但如果在夢裡妳是真心微笑著，我忍不住的希望妳就這樣一直睡著，至少不需要去感受療程的痛，不用再在我的面前刻意裝起笑容。

——我這個負擔，對妳來說會不會很沉重呢？

他伸手想要觸碰那略帶蒼白的臉，卻怕吵醒對方而不敢靠近，最後只能移了位置，將被子再拉高些，握住那壓在被子上的手。他看著那睡容，緩慢的闔上眼。

「啾、啾啾……」

又是相同的雜音。

掌心的觸感突然變得柔軟，像是一球棉花在動來動去——有些熱，也有些癢。

扉空緩慢的睜開眼，在微小的寬度間，他看見了自己的手、手臂上的手鐲及眼熟的臂袖。

這是……他在遊戲裡？

想撐起身，但身體各處傳來的極端刺痛讓扉空無法如願行動。

對了，他是在遊戲裡，應該說他根本就沒有登出，因為被炙殺當成獵物整到連爬起身都困難，結果痛到暈過去了。

所以剛剛的碧琳，是夢吧……不，就連現在他所處的這個世界，也是他的夢。

一團粉紅色的東西從掌心下鑽出，「啾、啾啾」的跳到扉空面前。那是一顆看起來像是長著兔耳朵的棉花糖，只是這顆棉花不太一樣的地方是牠有張雪白色的臉，只不過這臉為何會讓人產生頗囧的感覺，好像某種生物……

「羊駝……？」

扉空虛弱的聲音讓棉花糖瞬間激動的狂跳了幾下，那張羊駝臉就這樣整個擠到被頭髮遮掩的鼻子前蹭了蹭。

「啾、啾啾。」

他記得這個聲音。

「原來……不是醫院的小孩……是你。」

「啾、啾啾、啾。」

棉花糖突然轉身跳走。

接著傳來的是玻璃在石頭上磨動的聲音，指尖觸碰到冰涼，扉空努力的抬起手掌，一個東西就這樣被半推半拖的擠到他的左手掌心下——是他無法拿到的傷藥瓶。

為什麼會突然出現這隻奇怪的東西？

對了，他的寵物蛋……

視線移下搜尋，不見巨大遮目的白蛋，卻見幾片帶著熟悉圖騰的厚破片。

——該不會……

「該不會……那顆蛋已經……孵出來了……？」

棉花糖蹦蹦蹦的跳到扉空面前，再次發出那奇妙的叫聲，然後牠頂著蛋殼跳著，似乎是在肯定扉空的問題。

居然真的是。他還以為孵出來最有可能的是跟那隻怪物一樣的白虎，結果沒想到卻是羊駝棉花糖。

不過……碧琳她……會喜歡吧……

雖然長得有些奇怪，但牠至少還算可愛。

「扉空，能動嗎？」伽米加著急詢問。

扉空很想說話，但發出的聲音實在過於微弱，幾乎根本是一截截的氣音，好在牢房裡也沒什麼聲音，只要細聽就能聽見。

「一定，很痛吧。」

這是什麼廢話問題，他要不要來讓人砍個三、四刀，再被踹斷手試試。扉空使勁的想移動頭部弄掉臉前的頭髮，但卻扯到右邊的扭曲手臂，神經的痛楚又讓他忍不住顫抖。

「快把傷藥喝了。」

聽見荻莉麥亞的催促，扉空喘了幾聲，將專注全集中在手指，努力的握住藥罐，用著遲緩的速度縮回手。

粉色棉花糖回到扉空握著藥瓶的手邊，在後方幫忙推著。

一聲開鎖的聲音入耳，扉空心裡大喊不妙，很想加快左手的速度，但卻力不從心。

——快點，再快一點！就快到了！

「呵，還真是不能大意。」

惡魔的嗓音從上方傳來，鋼鞋踩上握著藥瓶的手掌。

扉空很想將手抽回，但是卻無法使出更多的力氣來反抗。

鋼鞋緩慢的向下施力加重，藥瓶出現了龜裂的痕跡，在扉空的手掌下啪的一聲碎開，紫色與暗紅交融的液體順著磚石的砌紋向外擴流。

玻璃陷進掌心的肉裡，扉空冒著冷汗，拚命的想抵抗上頭壓下的重力，可惜只剩下左手能行動的他根本無法用已經分散的其他力量去反抗，只能任由對方一點一滴的將他的手踩到與地板幾乎貼合。

——好痛！

五指發抖著，扉空使力讓手指僵硬的彎起，想撐出一個離地的空間。

棉花糖用力撞擊那踩著自己主人的腳，見光是用頭揹根本無法使炙殺退開，原本囧樣的臉瞬間裂出大縫，張開根本還沒長牙的大嘴，就這樣整隻跳著咬上那只鋼鞋。

無牙的嘴對上鋼鞋，任何人都知勝敗。

「這什麼鬼東西？」

炙殺皺起眉，抬起被棉花糖咬住的腳，晃了幾下，見棉花糖不鬆口，乾脆用力朝前一踢，這次終於將棉花糖整隻甩飛出去，撞在前方的牆壁上。

「啾！」

棉花糖發出尖銳的叫聲，掉落在地上彈了兩三下，整隻頭頂地的倒著，瞇起的黑色豆豆眼完全被旋轉的蚊香取代，沒用的暈過去了。

見炙殺還要朝那隻寵物走去，扉空顧不得疼痛，還扎著玻璃碎片的手直接奮力舉起，抓住那腳踝。

他用力一扯，讓炙殺低下頭。

「喔？」

他對上的是一雙帶著炯異光芒的眼神。即使傷到只剩下一隻手，眼裡還是帶著威脅，彷彿在說要是他敢靠近那東西就會殺死他。

真有趣呢，這傢伙。明明剛才怕他怕得要死，現在居然為了一隻奇怪的生物露出這種威脅的表情。不過很可惜，就算他再怎麼欣賞，也不能改變這個人的位置，一個注定無法獲得好下場的位置。誰叫他被那傢伙放在心上呢，要怪，就怪那個人！

使力抽著腳，但扉空怎樣也不放開手，這讓炙殺煩躁，抬腳用力一踢，原本抓著的手鬆脫，扉空瞬間翻身變成躺平。

移動到傷殘的手讓扉空痛到一個極致，疼痛的感知全集中到那已斷掉扭曲的關節上，咬著牙才沒讓自己發出慘叫。抓著麻木的手臂，扉空感覺呼吸都變得困難，只能不停的靠著喘息來減輕神經所承受的疼痛。

「如果我是你，就會乖乖的安分求饒。」

炙殺露出受不了的表情，而旁邊也再度傳來伽米加和荻莉麥亞的激動反抗，以及想要衝出牢房將他痛打一頓的罵聲。

「真吵。」炙殺冷冷落下一聲話，巨劍突現，直接硬生生的插進扉空的腹部。

寬厚的巨劍貫穿傷痕累累的身軀。

扉空想屈起身子，但被劍身直釘入身體的他根本無法動作，輕微的扯動都讓傷口傳來劇烈的痛楚，痛上加痛讓扉空瀕臨暈厥，腥酸湧上食道，堵住的氣讓扉空猛地就是連咳了好幾聲，肺部的振動牽引傷口，血紅的熱液從嘴角流出，最後連能動的左手也跟著麻木。

把力氣全用來感受疼痛讓扉空終於連動根手指都疲累，只能躺著，咳著。

冰涼逐漸侵蝕指尖，自內心湧出的寒意讓扉空無法抑制的發抖，衣服上的紅花又暈染出更大一片。

憤怒的抓著鐵欄，荻莉麥亞一拳打在上頭。

「你這該死的畜牲！你根本不配做個人！」

口出惡言的荻莉麥亞讓炙殺露出微妙的表情變化。他放開劍柄，走到牢前。

炙殺單手穿進鐵欄的空隙正要掐住荻莉麥亞纖細的脖子，卻被伽米加出手接下。伽米加抓住那將扉空傷到整身是傷的手，眼裡出現了戾氣。

「怎麼，終於想殺我了？殺了小鳳之後，現在連我都要殺了是嗎？」

質詢的話語讓伽米加出現了遲疑，就在這一瞬間，炙殺原本被抓住的手腕反轉掙脫，反勢掐捏住伽米加的頭，將他用力的朝地板砸下。

帶著爪子的獸掌難以像人手，只能用著爪尖及寬厚的指腹推抓著，豈知炙殺根本不在乎自己的手被抓出多少口子，死死的就是掐著不放。

沒有痛苦的皺眉，反而帶著辛辣的笑意。

「你還是這樣呢，隨便一句話就能讓你分心。」

荻莉麥亞跪在地上用力想扯開炙殺的手，但對方抓得牢緊根本難以拉開。最後荻莉麥亞乾脆直接朝炙殺的臉出拳，只可惜拳頭卻被炙殺的另一隻手握下。

「真好呢，你有這麼緊張你的同伴。不過小鳳卻得自己一個人孤零零的躺在醫院的病床上，不管我怎麼叫她，她就是不肯從夢中醒來。你說，這是為什麼呢？」

抓扯掙扎的獸爪僵硬的停止，從那壓住自己的指縫間，伽米加看見了那雙藍金的眼裡有著絕望與悲悽，是哀傷、憤怒、仇恨還有……痛苦，最後全被無情遮蓋。

揑著頭骨的指力再度加重，伽米加痛到差點翻滾，只能再次不停的推扯著，抵抗那股恨意。

荻莉麥亞用力扯著自己的右手卻無法扯回，視線飄向鐵欄外躺著的扉空，看著那直入身軀將他釘得動彈不得的寬劍、那蒼白緊閉的雙眼……微弱的呼吸細不可聞，如果扉空就這樣死去直接用重生方式離開這裡，是不是會比較好？

發現到自己竟然產生蘊藏負面的想法，荻莉麥亞心頭一驚。

不行！不可以！她到底在想些什麼！

就算重生是讓現在的扉空脫離炙殺傷害的唯一方式，但……叫她怎麼能眼睜睜的就這樣看他死去！

就算是遊戲，也不可以！

「伽米加，抓住他！」

聽見荻莉麥亞的命令，伽米加也只能將胸口翻滾的複雜情緒先拋扔在一邊，不顧自己的臉痛，立刻一爪壓在炙殺的手背上，一爪勾扯住那手臂上的銀臂護甲制住對方，不讓炙殺將右手縮回。

荻莉麥亞反抓住炙殺的左手奮力朝著自己的方向扯，在炙殺整個人正面撞到鐵欄前時，另一手握住凝現的鋒利匕首，迅速抵往炙殺的喉頭。

刀口融進水紋，連接觸都無法。立刻發現到情況的荻莉麥亞也不遲疑，將刀子抽回扔了，接連叫出一瓶漂亮的青花瓷用力砸碎在地上，抓起碎片再次朝著炙殺的喉頭抵去。

不屬於武器與技能條件侷限的瓷器碎片終於沒有再被牢房的結界阻擋，順利的直攻目標。

「馬上打開牢房，不然我就殺了你！」

「妳以為我會聽妳的話嗎？」

碎片的尖口陷入炙殺頸間，血珠滾落。

「馬上打開——！」

炙殺瞥了荻莉麥亞一眼，特意將脖子往前靠，尖口割劃出更大的傷口。

低低的笑聲從顫抖的喉頭傳出，炙殺大笑著，幾乎岔氣的笑讓荻莉麥亞真的無法理解眼前的人到底是怎麼一回事。

「我，就算死，也不會打開這牢門。你們就親眼看著那傢伙慢慢的流乾血，慢慢的死掉吧。」

「你這瘋子！」

就算她加重凶器的力道，但炙殺根本就沒有任何畏懼，那雙直直看入的眼裡盡是將性命拋棄的肆虐與瘋狂。

「碰！」

巨響從天花板傳來，強烈的震動抖落塵灰。在荻莉麥亞和伽米加因為這異狀而愣住的同時，炙殺抓住時機用力扯回自己的雙手，看著立場對調撞擠在鐵欄上的兩人，不耐的揉了揉手腕。

「劈、劈啵——」

細碎卻明顯的雜音入耳，炙殺抬頭，低啐了聲，拔起插在扉空身上的巨劍就是朝上一擋，只見出現龜裂痕跡的天花板碰的一聲變成無數石塊碎開落下，銀髮的身影從中舉刀揮來！

▶▶Loading...

第六伺服器

各自的理由……

Create Dream Online

數枚法陣出現在城牆之上，魔法師高舉法杖唸著冗長的咒語。

守備方的弓箭手及火槍兵架好武器對準城下的外敵，用連串的攻擊來阻止敵人前進。

進攻方也不遑多讓，多數法師在半空架起防護罩擋住墜下的攻擊魔法。弓兵部隊架弓，朝上下兩方的敵兵瞄準射殺。許多戰兵也將寵物叫出加入攻城行動，有人騎著巨大的黑熊迎戰，也有人領著一群小小的矮妖精進攻。

人群混亂交雜，武器兵戎相見。波雨羽奔跑而過，身子低彎閃過揮來的巨斧，從天而降的箭身擦過腳邊，他三步俐落的躍步，長戟從上高揮而下撞擊在黑色的刀身之上。

身著海盜裝的少女靠單手抵抗波雨羽的猛力，另一手持舉雕鑲精緻的短火槍一連開上四、五槍。銀彈從偏過的臉頰邊射過，波雨羽握著落櫻用力一撞，少女被撞退了兩、三步，才剛定神抬起頭，看見的就是速度飛快朝她襲來的叉尖。

塗著紫色眼影的漂亮黑眸瞪大，閃身不及，叉尖直插進肩胛骨將她釘倒在地。

完全沒有憐惜少女的哀鳴，波雨羽手向後舉將落櫻抽起，再次朝向少女的左胸猛力刺下。瞬間，少女爆成細碎的粒子，從戰場中消失。

「抱歉。」

波雨羽細聲說完，落櫻再次高舉，用力朝地面直插而下，叉頭入土，震波如浪潮般掀起沙土向外圈震去，四方原本舉握武器奔馳而來的敵人被沙潮擊中腳步，紛紛摔個四腳朝天。

靠著波雨羽的猛烈攻勢，白羊之蹄的眾人勢如破竹的反擊從冥限大城裡不停衝出的兵力。列隊從城內一一衝出城門，以扇形向外擴散迎擊外敵，在隊伍尾端的幾名士兵踏出護城河的界線後，連接城門板兩邊的鐵鍊也開始出現拖拉跡象。

混亂裡，有人發現逐漸上升的城門，馬上高呼通知所有隊友：「他們要關城門了！」

如果是士兵的抵禦倒還好，可一旦城門關上，就等於斷絕了進城的主樞，這樣攻入城堡的時間必定會大大消耗，也耗費戰力。

「狐狐，幫我開路！」

天戀一個高喊，旋踢踹掉糾纏的敵人，直朝著遠處緩慢上升的城門跑去。

好幾名士兵手持武器擋在天戀前方想阻擋她的去路，突然一隻巨大的銀色九尾狐從旁邊衝出撞翻一行人。

「狐狐！」天戀高喊。

變回種族原形的浴血銀狐開闔尖長的狐嘴，女聲傳出：「別停步！」

四肢剎步，九尾銀狐重新奔跑回天戀前方的路徑，用著粗魯的撞法開出一條康莊大道。前肢攀上已經高出一段斜度的城門，箭雨從城牆上落下，九條狐尾用力甩動尾巴揮擋掉攻擊。

「戀戀，快點！」

天戀雙手握劍，跳躍踩上唯一一條低聳貼地的狐尾，她一路奔跑向上，從九尾銀狐的頭頂大步躍下，順著傾斜的城門板滑入。

腳步一踏地，天戀跑過城門隧道，前方的內城鐵門已經開始降下。加快腳步，身子側身趴低，天戀從鐵門底下的空隙驚險的滑進城裡。下一秒，鐵門完整的封閉通道。

天戀剎住腳步，單手撐地穩住身子。長矛立刻從四面八方刺來，天戀壓低身子閃過，八根長矛錯綜交雜卡在頭頂，打算將她的行動封死。但天戀也不是省油的燈，就算上方的空間被限制住，卻也馬上另開別條路。

即使身子被整個壓低到極限，但只要她雙手能動就是契機。兩把長短劍刀同時伸長平舉，蹲低的雙腳用著傾斜身子的重量來當成旋轉的動力。

「Falling Stars（墜落繁星）！」

劍口延伸出雙倍長的光尺。一圈旋步，光尺所到之處全是俐落的斷面切痕。

長矛因為失力而從手上脫落，本以為沒什麼而大意的士兵皆在瞬間變了臉色，抱著自己斷殘的雙腳倒在地上哀號。

掙脫壓制的天戀抓緊時機，左右查看，跑往右方置立的大型軸具。

城內待命的士兵再次圍上，將天戀包圍逼至牆邊。

看了眼身旁的大型軸具，再瞧向前方步步逼進的武器，天戀屏息，一個瞬步後退，回身，劍鋒使盡力氣的砍往軸具拉直的鐵鍊上。

脆硬的斷裂聲響起，失去支撐的鐵鍊就像脫韁的野馬，順著上方的支點軸直衝而上！鐵鍊上甩撞擊到城牆，癱軟摔地。

原本幾乎閉闔的外城門又再次向外開啟，木板重重的砸在護城河對岸的土地上，鐵鍊的斷裂讓城門再也無法闔上。

「怎麼可能！？」

士兵們看著自家城門被直接從內攻破，一刻的驚愕讓外敵的突襲優勢大大升舉。

九尾銀狐一個翻蹬變回刺客少女，狐耳與狐尾隨著動作而晃動，浴血銀狐躍落在人群間。閃身躲過揮來的彎刀，浴血銀狐手一抽，銀色的雙頭匕首猛力彈開另一邊射來的子彈，橘色火花濺亮在紫眸前，將眼裡的寒光照耀得更為火亮。

浴血銀狐壓低身子，雙手撐地向後翻躍兩、三圈。前方六人舉著各種武器圍上。匕首拋轉了圈，在落回掌心的那一刻，浴血銀狐的身影瞬間消失不見，舉著武器的士兵四處觀看找尋，卻沒想到冰冷的刀口早已抵上喉頭！光影落下，血液如泉濺灑，不過兩秒的時間六人皆全倒地，按壓著噴血不止的傷口啞口瞪眼。

「即使是遊戲，但是身體構造還是相同。雖然手腿也有，但頸部的大動脈是最方便，不用聽見哀號求饒的聲音，更別說討救兵，一刀就可以解決。」

「妳、到底……」

那樣的話語不像是單純的遊戲玩家會說的，她很清楚人體的構造。

看著嘴巴開闔得像隻金魚呼吸的嘴臉，浴血銀狐走到少年面前，問：「很痛苦嗎？」

少年舉手胡亂揮著，僵硬的搖頭。瞬間，匕首的一端由上向下刺進左胸，不偏不倚的斷絕跳動的血脈。刀口之下，少年的身影化為粒子碎裂。

不遠處，城牆上突然摔下一名士兵。

浴血銀狐抬頭望去，只見城牆上的弓兵一個接著一個被扔擲下來，運氣好的便直接掛回重生點去，運氣不好的就還留著命痛苦掙扎。

夕陽下，銀髮反映橘色光芒，順著揮砍雙刀的身勢飛舞飄揚，原本站滿人排的遠戰兵變得七零八落，才剛架好武器，刀口就已經逼近眼前，連子彈都還沒射出，槍口便直接被平橫削開。

王者俐落翻旋，再一個人被踹下高聳的城牆，摔落地面迎接死亡。

浴血銀狐訝異的低喃：「夢幻城的……」

護城河上架起一座座木梯，無數人從梯上踩著越過阻路的護城河直達牆下，一些人迎戰牆下的士兵，一些人開始朝著頭頂的牆梁扔掛繩梯。

他們的人一半都還沒爬到，底下還有敵兵在阻擾，跌跌撞撞的，那麼夢幻城的城主到底是怎麼到達城牆上的？

再轉眼看，從扔甩的梯繩間她看見了解答，是那一名叫做日天君的拳狂。

日天君彎步靠蹲在牆下，雙手交叉置於膝上。雷皇奔跑而來，右腳踩上日天君交叉的雙手，日天君在身子站起的同時，腳下的雙手也使出全力朝上奮力撐甩。

三秒！

雷皇腳步踏在直立的牆面，違反地心引力原則、壓低身子快步上跑，左手攀上牆緣，翻身一躍，跳上牆頂的看守道。

觀看媲美電影特效的身手，浴血銀狐露出讚賞的目光。

「真是好身手。」

「雷霆鳳凰——翱鳴．戰！」

技能瞬間啟動，巨大的火燄紅鳥從雷皇高舉的細劍前端出現，開展著比道路還要寬的翅膀。尖銳鳴叫，鳳凰朝前方站著的士兵昂頭飛去。

熊熊烈火迎面襲來，想躲都沒處躲，有人下意識乾脆直接自己跳樓躲火，而剩下還呆站在原地的人則是迎接變成焦屍一具的下場。

鳳凰繞著走道飛轉整圈，整排焦屍也像排泄物般的從鳥尾出現，最後鳳凰在一聲鳴叫後直衝入天，紅色的焰雲被燒得更火紅。

地上，巨大的樹幹破土而出，柔軟得像條飛毯越過護城河，接起牆下的日天君直往牆頂升去。而在樹幹頂端，則端坐著一名身披半黃半綠的熊頭雨衣的少年，以及身穿白色馬褂的黑髮辮子男。

——是夢幻城的夥伴吧，看來上方的戰地交給他們就可以了。

放心之後，浴血銀狐將視線重新轉回前方的城門。

波雨羽揮舞著長戟，旋身，直舉——

雙叉周圍環繞的櫻花片如同緞帶般的延展旋繞，數以難計的櫻花花瓣從叉尖爆出，襲捲而來的狂潮直朝著城門拒擋的士兵衝去。

轟的一聲，花瓣風暴粗狂的撞進內城，連同降下的鐵門也一起被撞斷，並捲進城內大道。

屋舍被花瓣掩蓋，在軸具前與士兵對峙的天戀一看見那凶暴的櫻花，立刻放棄對抗，趕緊返跑回機具旁抓著粗壯的鐵柱壓低頭。

不過一秒，前方正要舉刀砍來的士兵瞬間被二度來襲的櫻花沖走，整排人頓時消失，直到震動消弭，感覺風壓不見後，天戀才慢慢睜開眼，所見之處幾乎蓋上了滿滿的散落櫻瓣。

波雨羽翻手一轉，將落櫻背舉在後，踏步奔入冥限大城的城內土地。

「跟著會長！」

聲音喊下，勢如破竹，進攻方的人馬全部開始從破洞的城門湧入城內。

遠處的大樹——

少年站在樹枝頭，注視眼前上演的混亂戰鬥，為了自己的「家人」所起的攻城行動。他目光追隨的除了人群裡那名拿著金色長戟的鷹族男子，再來就是另一邊漂亮揮舞雙刀斬斷朝自己射擊而來的弓箭及魔法的銀髮少年。

視線再上，是比城牆還要更高聳的城堡。

城堡就像是座斜立的大型玻璃魔術方塊，巨大的時鐘置於頂端，周遭圍繞著無數的圓柱高塔，尖頂的太陽旗隨風搖曳，完全不受外頭爭鬥的影響，悠然飄揚。

拿下戴著的全罩式耳機掛在頸部，一塊文字訊息面板突現在面前，簡短的篇幅用大約三、四行的內容說明一切，訊息的最下方還有署名「柳方紀」。

ＥＰ１關掉訊息面板，手在胸前揮晃了下，身上的精靈服飾被一套白領制服取代，身後的褐色披風隨風晃動。

「許可令收到。那麼，也該行動了。」

直線粒子出現，ＥＰ１消失在樹頭。

▲▲▲◎▼▼▼

「座敷，準備好了嗎？」

「我才要問你準備好了沒勒！等等不要跌倒讓青玉姐姐發現了喔。」

「放心啦，她現在超忙的，就算跌倒她也不知道。」

雙胞胎——座敷童子和枕木童子相互對看，小手握拳，再偷偷瞧了眼離他們有段距離正在幫傷者治療的青玉，輕手輕腳偷偷的朝旁邊移動。

「座敷、枕木，你們要去哪？」

——啊……忘了除了青玉姐姐，其他人也很會監視啊……

兩個孩子咋舌，但轉過身之後卻是滿臉的天真笑容。

「我有點尿急，想上廁所。」座敷童子舉手。

「我怕會有人偷看座敷，所以我陪她去。」枕木童子一臉認真。

「上廁所啊，我想想，那邊……」

一看到女子的視線偏向旁邊樹林，座敷童子和枕木童子立刻轉身拔腿就跑。

「座敷！枕木！」

後方傳來著急狂喊，其中還夾雜著青玉的聲音，但兩個小孩並未因此停下腳步。

——對不起，大家，等我們救出扉空哥哥之後一定會好好道歉的，但是這次我們實在是不能只光站在這裡等，什麼都不做。

叫出凰冥刀與鳳鳴槍，座敷童子與枕木童子鑽進人群裡，慌張閃躲其他正在對打、差點踏到他們的腳步，朝城門口的方向跑去。

因為波雨羽的開路，阻擾的士兵並不是很多，至少目前還沒有任何人將視線放在他們身上。踏過城門橋，進入城拱門，雙胞胎一入城內，混亂的場面頓時讓他們不知道該往哪裡走。

「走左邊！」

「走右邊！」

跑了幾步，才發現對方跟自己挑了反方向，轉身再跑回城門前，座敷童子指著左邊說：「走左邊。」

「我覺得是右邊。」

「左邊啦！」

「右邊！」

就在爭吵不休之際，枕木童子卻突然住了嘴，趕緊將座敷童子往自己的方向拉，一條黑鞭同時甩打在座敷童子剛剛站著的地方。

兩個人差點滾倒成一團，座敷童子為枕木童子的唐突舉動大聲抱怨：「做什麼啦！」

「笨蛋！有敵人！」枕木童子指著她身後急道。

座敷童子一愣，回頭望，只見一名看起來像是古裝劇會出現的俠客大哥正手持剛剛發動攻擊的黑鞭，雖然嘴上掛著笑，卻眼帶殺意。

「連小孩子都打，你不是人！」朝著男子用力吐舌謾罵，座敷童子一臉憤慨。

「我的任務是排除敵人，在我的眼裡，大人和小孩子都是一樣。」瞇眼笑著，男子再次甩出一鞭。

枕木童子抓著座敷童子，雙腳同時跳起。鞭子從兩人腳下甩過，收回。

出招被當成跳繩排解，男子也不慍不火，看著架起武器的兩人，男子拉起鞭子，右腳直出一旋，鞭子順著力道甩出。

架起武器紮穩起手式，座敷童子和枕木童子高喊著，才正要前跑應戰，卻沒想到腰間會突然多了股力量將他們同時攔腰抓起，身子一個晃低，鞭子從來人頭頂掃過。

揮空的鞭子流利的收回男子手上。

兩個孩子抬起頭看清楚抱著自己的人是誰後，稱呼正要出口，視線卻又再度一晃。

王者一手抓一個小孩卻也不阻礙行動，看見鞭子甩來就是朝著旁邊的牆面兩步上躍，閃過鞭子的甩擊，在空中翻轉個圈後，落地紮穩腳步。

從城牆守道的戰場脫身的王者一和夥伴落地，本來要去支援最前線，卻發現旁邊的混亂裡竟有座敷童子和枕木童子的身影，沒多想就先將支援任務交託給其他同伴，自己則跑來準備將兩個孩子拖離戰場。

不過，現在看來是要多花一些時間僵持了。

看見鞭子又接著甩來，這次旋轉的鞭圈讓人頭昏眼花，王者也是步步後退閃躲，鞭頭凌厲彷似刀光，男子手勁一甩，王者趕緊跳開步伐，鞭頭在牆面擊出了一個大凹洞，磚石劈啪一聲瞬間碎落。

王者還未回神，鞭頭卻緊接著來襲。王者暗喊一聲不妙。

此時，一把細長的西洋劍從旁邊直竄而來，擋在王者身前。

西洋劍直刺，劍尖抵上鞭子的前端。

兩方力道相抵讓劍身彎成曲線，一個回彈，鞭子被彈甩開來。

「妳是……？」

「明姬，白羊之蹄的會計。」明姬頭也不回的報上自己的名字，接著說：「夢幻城的城主，如果能的話，您先代替我到波雨羽身邊幫忙，可以嗎？」

王者一頓，回了聲「這裡就交給妳了」之後，將座敷童子和枕木童子抓穩就跑。

「呵，雖然換成女人，但我是不會手下留情的呦。」

「最好是不要手下留情。」

男子挑眉，而明姬則是推了推鏡框，冷聲說：「雖然不明顯，但是只要還算有腦袋的人都看得出來，冥限大城的實力應該不只如此吧？」

「喔？」

「這麼容易就讓我們攻進來，還用那麼多人當作掩飾的擋箭牌，未免過於浪費資源，這麼不珍惜可是會遭天譴的。」

這次男子的表情變了，不僅沒有憤怒，反而還笑出聲。他雙手一攤，聳肩說：「不愧是會計職位，很精明呢。不過……」

男子望向遠處的城堡，「如果用這樣的方式可以分擔城主該承受的天譴，那我們就只能演到底了，不是嗎？」

明姬舉起手中的西洋劍筆直指天，右手掌心靠貼劍身，即使面無表情，但鏡片下的眼神卻因為男子的說法而透露出一絲變化——

這樣就說明了如此容易進攻的戰局，不過是為了承受天譴的可笑戲劇罷了。

「也是。那麼，為了救出我們的家人，我也只能一同演出。如果可以的話，請你不要手下留情，這樣我才有理由將你踢出這舞臺。」

王者找個無人波及的角落放下兩名孩童，雙手伸前準備捏上那小小的鼻頭作為溜進戰場的教訓。武器因鬆手而掉落，兩個孩子驚恐的用雙手遮住自己的鼻子，猛搖頭說：「不可以捏鼻子！」

「不可以？你們也知道怕啊！我不是叫你們留在原地乖乖聽話，怎麼又溜進來了！」

「我、我們也要幫忙！」

他們真的沒辦法光待在那裡苦等，他們想親眼看見扉空的平安，也想出份力量。

「幫什麼？你們沒看見這裡連大人都打得亂七八糟了，何況那些士兵可不會因為你們是小孩子就手下留情。」

「但是扉空哥哥……」

「我答應過你們就一定會做到，扉空我會去救，你們乖乖待在安全的地方才是最好的對策。」王者再次叮嚀。

他才剛要轉身走，兩個孩子立刻像隻八爪章魚，手腳並用的抱住王者的腿掛著，喊著：「萱媽媽！」

聽見稱呼，王者原本僵持的表情瞬間瓦解，立刻轉身抓著兩人的肩膀道：「我說過的吧……」

「……在這裡要叫王者哥哥……但是……」

座敷童子和枕木童子一起低著頭，食指戳著戳著，相同的可憐表情，眼神哀怨到位的有一下沒一下的直撞進王者的心胸，欲言又止。

——這兩個孩子真是……

縱使知道雙胞胎是刻意裝出這可憐表情，但王者最後還是認敗，扶額聲明：「你們要緊跟在我後頭，能做到嗎？」

哀怨可憐的表情立刻扔邊，雙胞胎五指靠在眉梢，立正站好，「能做到！」

他們就知道這招最管用了——勝利V！

「青玉姐姐知道你們在這裡嗎？」王者提出疑問。

座敷童子與枕木童子互看了眼，一個轉頭裝作吹口哨，一個則是眨眨眼露出無辜可憐的表情說：「我剛剛本來要說的，結果卻遇上那個鞭子哥哥，就……還沒……」

聽見回答，王者嘆氣。這兩個孩子不用想也知道是趁人不注意時溜走的，他已經可以想到那位少女現在大概著急到想衝進來了吧。

「馬上用密語告訴青玉，你們現在跟我待在一起。」

互看了眼，兩個孩子也不敢拖時，立刻用密語告知青玉目前他們正與王者同行，接著各自拿起自己的武器，一臉慷慨赴義。

「我已經準備好了！」座敷童子與枕木童子同時認真道。

王者挑眉，再次抽出腰間的雙刀，看了眼城門大道的混亂場面，挑靠邊的通道走。

「跟上。」

「好！」

待在後方援隊的青玉正幫忙將送來的傷者一一用治癒術治療。在掌心光芒的覆蓋下，猙獰的傷口逐漸癒合，術法完成之後，已經治好傷的戰士道了聲謝，再次加入戰局。

「青玉，妳先休息吧。接下來換我就可以了。」

抹掉額上的汗水，青玉馬上退開讓位。

男子將法杖放在身旁，雙手相抵做出了個手勢，隨著咒語一唸，被送來的六名傷者身上同時被金光籠罩，身上的傷口也開始癒合。

芃的治癒術還是一樣厲害呢，早知道她也應該買些增幅的飾品戴著才是，結果現在明明是極需人手的戰事，她卻只能用緩慢的速度一個一個治療。

耳邊傳來密語，是座敷童子和枕木童子的聲音。告訴她現在他們正與王者待在一起，並且準備去救扉空，話一完，連讓她回問的機會都沒有就直接掛訊，分明就是怕她責罵，扔完話就跑的龜縮心態。

想到剛剛因為她忙於治療卻被兩個孩子抓到機會溜了，青玉整個人懊悔不已，早知道她就該直接向副會長拿兩個鎖把他們鎖在她身上才是。

前方依照不同勢力分排成的弓箭部隊毫不停留的放箭，擊倒牆上正在對峙的敵方守備；法師部隊則是在半空架起防護的法罩，阻止對方的箭雨及強大魔法的敵襲；四、五名擁有遠程治療技能的天介者定點站立，戰場所見之處若有我方傷患便立刻直接進行療癒。

遠處的城內飄起一縷縷的煙，可見戰事已迫近主要中樞地。

青玉望著城堡，手指不自覺的摸著側髮上的花飾。

——果然還是不能……

不管她有多麼的想跟大家一起去，她都只能待在這裡等著。

「只能夠治療的我，唯一能待的就只有這裡。」

到前線連戰鬥都沒辦法，只能靠其他人保護，她會變成負擔。

她唯一能做的，就是在這裡等待。

「我在這裡等著，所以扉空哥，請你一定要平安的回到我面前。」

銀色的鐮刀飛劈而來，直接將準備偷襲少女的劍士整個人撞飛。

「副會長！？」發現到異狀的天戀偏過頭，驚訝愛瑪尼的出現，「你不是在水諸那邊幫忙嗎？」

「弓戰部隊現在已經不需要我了，他們可以自己應付。還好我趕來，不然妳就被那個無恥的傢伙偷襲砍成兩半了。」愛瑪尼吁了口氣，來到天戀面前，從上掃到下，再從下掃到上，然後扔出一件短版外套。

接過新衣，天戀納悶。

「換上，衣服都破了，還沒出嫁的女孩子要注重一下身裝儀容。」

天戀會意過來，馬上換上新外套。攤開舊外套一看，果真破爛到可以當抹布了。

將換下來的外套收進裝備欄，天戀笑了聲：「這話還真不像副會長你會說的。今天不賣可樂、爆米花了？」

「這種情況就算要賣也沒人要買吧。」愛瑪尼掃了眼四周，問：「我還以為銀狐會跟妳在一起呢。」

「剛剛還在一起，不過她行動比較快，我讓她先去會長那裡幫忙開路，畢竟不能在這裡耽擱太久。」話一完，天戀彎身躲過從後方突刺來的長槍，愛瑪尼也同時甩出鐮刀將那人直接橫剖成半。

看了眼躺在地上消失的身影，天戀抬了抬下巴，問：「副會長，要一起走嗎？」

拉著鐵鍊收回鐮刀，愛瑪尼比晃著，說：「我看我還是在這裡幫忙收拾好了，妳去波雨羽那裡。」

聽見話語，天戀也不多囉唆，揮了下手表示收到應答之後，她握著雙邊刀劍跑進屋舍旁的小徑，踩著旁邊堆積的木箱跳上屋簷頂，朝城堡的方向跑去。

收回視線，愛瑪尼苦笑了下，舉手伸著懶腰。

視線左右移晃，他腳步高高躍起，一顆大鏈球瞬間擊打在他剛剛所站之地。

「危險危險。」

愛瑪尼雙腳落地，用力踩著鐵球與鐵鍊的連接處，收手，鐮刀隨著施力飛回掌心，轉了個方向之後又被用力擲出，旋繞的鐮刀將士兵綑綁成木乃伊。

拉著鐵鍊作為支點，愛瑪尼旋轉腳步，被綑綁的士兵如同人體飛盤一樣被飛甩出去，也順勢撞倒了一排人。

表情一派輕鬆的拍了拍手掌，將收回的鐮刀扛在肩上敲了敲，愛瑪尼搓了下鼻子。

「那麼，接下來換誰啦？」

在城門大道最前方的人群裡，波雨羽手持落櫻揮刺著。

冥限大城的士兵圍繞成圓，緊盯波雨羽的攻勢，一個倒地，一個再上，守著最後一道防線，不讓他再前進一步。

波雨羽身子後彎，弓箭從胸前擦出一個破口，他手撐地後翻兩圈，穩立之後，雙手翻轉落櫻，旋轉的柄身像是風扇葉般擋掉射來的數枝弓箭。

波雨羽觀察左右增加的敵人，後方的人員也深陷與敵員的對峙之中。

——想先擒王是吧。

波雨羽輕吐口氣，爾後屏息，一個踏步，朝最前的士兵奔跑前去，手抓著落櫻就是一刺，可惜叉尖落空，兩旁又有弓箭射來，逼得波雨羽趕緊退開腳步向後跳退。

箭端撞在石磚地面，彈開。

戰事未完，兩旁拿著刀劍的劍士又攻上。波雨羽揮刺長戟，雙叉與兩把武器相撞對峙，他手緊握出力抵抗著，卻沒想到身後的敵兵卻在此時舉著槍矛刺來。

糟了！波雨羽心裡暗喊了聲。

說遲時那時快，透明的刀身從旁硬生生攔截兩把槍矛，接著旋身擋打。前面跟著攻擊而來的敵軍被從旁邊飛來的同伴整排打飛，右邊朝波雨羽衝來的士兵也被兩把長刀與長槍直接拐斷腳。最後是兩聲槍響，與波雨羽對峙的劍士腦袋被人突然從背後射出的子彈破了個洞，不甘的從戰場上消退。

擋住視線的身影消失之後，波雨羽看見的是一名手持銀製短手槍、身穿白底馬褂的黑髮男子。再轉頭望向後方，熟悉的身影讓波雨羽驚訝：「夢幻城城主？」

「叫我王者就可以了。」

王者手持雙刀小步來到波雨羽面前，座敷童子和枚木童子也拿著武器跟跑在王者身旁。旁邊圍繞的士兵團則正被日天君、雷皇，還有一些能自己活動的樹枝收拾著。

「座敷、枚木！？你們怎麼會……？」

「我們也要一起去救出扉空哥哥（扉空哥）！」

波雨羽錯愣的望向王者。

王者回給波雨羽聳肩與苦笑，補充道：「溜進來的。我有叫他們向青玉交代去處。」

波雨羽了解之後是面帶無奈，望向另一邊手拿短槍的黑髮男子。

「槍雨。夢幻城的。」或許是看見波雨羽臉上的困惑，男子自動報上自己的名字證明是我方人士。

知道對方是夢幻城的人馬，波雨羽趕緊道聲謝。

「這場仗本來就是合戰，沒什麼好謝。」槍雨聳聳肩。食指勾著扳機護環，短槍在手上轉了兩、三圈，穩握，槍口從腰側向後射出三彈，後方原本高舉武器的士兵瞬間消魂。

槍雨將槍口舉到嘴邊吹了口氣，煙硝飄散。

「要是蒂亞也在這裡欣賞我的英姿不知道該有多好。」

聽見那句意謂不明的感嘆詞語，波雨羽對此人瞬間有種認知，雖然這麼說好像有點不太好，但這位該不會是那種喜歡在人前耍帥的類型？

突然他肩上搭上一隻手，王者表情非常認真的對他說：「習慣就好。」

波雨羽尷尬的笑著。

前方日天君傳來了喊聲：「王者，差不多了！」

看去，原本包圍的士兵倒的倒，還有幾個被活動的樹枝抓起來當成清垃圾一樣胡亂朝旁邊的房舍扔。

坐在大樹魔物頂端的是一名看似有些小身板的少年。

「嫩B，這裡交給你喔。」王者朝著坐在樹上的少年如此喊。

「沒問題，看他們來幾隻我掃幾隻。」一臉傲容，嫩B臉上帶著十足十的邪笑。

怎麼他背後好像竄起一股寒氣……波雨羽吞了吞口水。

這時，王者開口對他說：「那麼，白羊之蹄的會長，準備好進攻城堡了嗎？」

一愣，波雨羽點頭，「當然。」

王者挑眉，再次叫出那把有著宇宙圖案的擴音器，交給波雨羽。

明白意思的波雨羽接下，打開擴音器，衝撞鼓膜的尖銳聲再次傳出。

「各位，現在前線已破，跟緊腳步，救回我們的家人！」

壯闊的聲音傳遍整座城，增加信心的話語讓對峙的戰兵爆出戰力，用力擊倒前方的敵人，高聲附和：「喔——！」

「那麼走吧。」王者臉色一凜。

「好。」波雨羽點頭。

「座敷、校木，跟緊。」

兩名孩童跟在王者和波雨羽身後，在日天君與雷皇的一拳一劍將緊鎖城堡入口的花雕鐵門打爛後，一行人跑上前方的階梯，踏入城堡。

後方，天戀從屋簷上跳下，與正無聲刺殺一人的浴血銀狐會合。

天戀望著登上階梯的背影，轉身對著周遭的人喊說：「各位，跟上會長的腳步！」

「喔！」

高舉著武器，奮力擊倒擋路的士兵，白羊之蹄的聲勢高漲，追隨前方的波雨羽奔跑而去。

►►Loading...

第七伺服器

因愛而生，
直至天譴來臨……

Create Dream Online

一行人在大理石砌拼成的走廊上奔跑，支撐拱門石頂的圓柱雕刻著一朵朵的花草——漂亮的石刻海棠。海棠中心是亮著的橘黃光燈，光燈照亮整條路，讓走廊不至於陰暗難走。

石廊外的花園種植大片色彩奪目的鮮花，有玫瑰、鳶尾，其中又以白色小菊花及滿天星作為點綴映襯，讓整體的色彩達到平衡。中央的天棚樹直立雄偉，如同傘頂的枝葉大片散長，枝幹上頭掛著好幾盞漂亮的鏤空木雕夜燈，夜幕之下，是種奪心的美。

如果在白天一定更漂亮。

波雨羽在心裡深深嘆息，對於這片寧靜花圃映照外頭戰事的諷刺。

前方的廊口，兩、三名士兵舉著劍斧跑來。

王者快步前奔，腳步一蹬跳上旁邊寬厚的廊欄，手抓著柱子就是一個迴盪，雙腳筆直的踹上最後一名士兵的側臉，三號士兵出師未捷就整個人被踹飛了出去，一連滾了好幾圈，還撞壞了好幾盆漂亮的花卉。

剩下的兩人並沒有為此而停下腳步，他們舉著武器往前衝，目光直鎖前方的波雨羽。

波雨羽膝蓋瞬彎，鋒利的劍也在同時從頭頂削過。

他腳步突前，左手接下揮來的槍棍，右手手肘直接用力擊上士兵的臉，在對方倒下之際，落櫻同時脫手射出，尖銳的雙叉直中後方正高舉戰斧的士兵額梁。爆頭一擊，讓士兵搖晃了下，眼翻白，碰的向後倒。

跨過昏迷的士兵，波雨羽來到頭部插著長戟的士兵身旁，握著柄身拔起染血的落櫻，士兵也在瞬間化為粒子消失。

「身手真好。」王者拍拍掌心的灰塵，讚賞。

「彼此彼此。」

將長戟再次拿置於身後，波雨羽繼續前進。

一行人跑進裡長廊，沒多久走廊的景色從陰灰的牆壁再度轉為花圃。

第一次進到冥限大城的城堡，唯一的指標就是從外面看著中央鐘樓的位置跑，至少這座城堡的格局還不算複雜。

沒過多久，前方出現L型的岔路。

「左邊。」

後方的日天君毫無猶豫的說出方向。

根據夢幻城成員的說法，日天君可靠的地方除了那身完美比例的肌肉線條外，連方向感的敏銳度也是無人能及，即便沒有地圖，他也能憑著直覺將所有人順利指引到目的地。

而城主王者卻是完全相反，特大號的路痴一枚。據說王者以前症頭比較嚴重，最近改善了不少，雖然偶爾會有無傷大雅的小出槌。但波雨羽一路過來倒是還沒看過王者跑錯路，所以對這種說法略帶保留。

跑過無數的廊道，靠著日天君天然的直覺指引，一行人果真順利到達中央的方塊建築。巨鐘指針向下跑動一刻，六點三十五分。天上僅剩的橘色彩雲被夜幕所取代。

前方的白色階梯約兩層樓高，五分鐘不到，一行人跟隨王者和波雨羽踏上最頂階。建築大門開敞，內廳被橘白交雜的燈光照亮得清晰可見。

前方，站著一人。

皇甫潮風看著進入廳殿的人群，靜靜的沒有多餘的表情。

王者上前，宣明來意。

「皇甫城主，勝負已分。他們，在哪裡？」

「你所指的是誰呢？這裡，並沒有你們要找的人。」

「你騙人！扉空哥哥明明就被抓到這裡來！」座敷童子又叫又跳的控訴。

皇甫潮風一臉淡然的看待，反問：「你們又怎麼確定你們所說的人是被抓來這裡？」

「追蹤器顯示那混蛋使用的傳送卷軸所到達的位置座標就是這座城，你再怎麼狡辯也沒用！」柊木童子齜牙咧嘴，像隻張開頸部薄膜的傘蜥蜴。

「光憑一個追蹤器判定座標，就斷定你們所要找的人是被我等包藏，未免過於牽強。倘若是這樣，那麼要是有人挾持我城人士使用傳送卷軸到達夢幻城，是否也代表夢幻城與那人有所牽連？」

怎麼聽都像是在狡辯的反問，讓眾人怒火飆升。但王者卻攤手笑了。

「啊，確實是這樣呢。」

「王者！？」

「但是——」王者直視皇甫潮風那藏著動搖的眼，不自覺的垂下視線，輕聲說：「從進入城堡之後，出來阻擋我們的士兵連十個都不到，若是您有戰心，那麼絕對不至於讓最主要的堡壘守衛薄弱到這種地步。強迫自己說謊很難過，我希望您能說實話。」

「炙殺和白羊之蹄的那三人現在在哪裡？」

這次不是質問，而是一個請求，請求他遵循自己心裡的想法。

皇甫潮風移開注視眾人的眼。

從大門望出去的景色已入夜，即使是黑，但也可以看見一閃一閃的火光，火光的映襯足以見到入空的硝煙。

他可以聽見城堡外那喧譁的聲音，聽見兵器相接的鏗鏘聲響。

——如果是這樣的代價，應該足夠償還了吧。

金色的眼垂下，皇甫潮風沉默許久，才開口說：「……我的回答還是一樣，這裡並沒有你們所要找的人。」

波雨羽握緊長戟，踏出步伐。

「但那是基於情理。因為那個人曾經施予我一個未來的恩惠，我不能不回報。」

一愣，波雨羽腳步頓停。

皇甫潮風抬起頭，走到大廳地板中央砌拼的巨大圖騰前，右手扶在胸口。

「如果是以我的心來說，我會告訴你們，你們所要找的人現在就在這裡。」指著地上的圖騰，皇甫潮風終於坦白：「在這片太陽的正下方。」

那背光的所在之處，就是他們所要尋找的終點。

「謝謝。」王者輕聲說道。

皇甫潮風的眼裡很複雜，他不知道自己這樣做是對還是錯。

「但我能說的僅限於此，前往的通道我沒有辦法再多說。」

「通路在哪其實也不是那麼的重要，只要知道地點就行了。」

王者朝著日天君望了眼，對方回給他一個首肯，走到太陽圖案的正中央。

柔軟的光芒線條帶著剛強的傲骨，金黃色調是太陽給人一般的印象，亮眼、溫暖。但如今，本該是令人折服的光芒背後卻藏著無盡的黑暗。

波雨羽深吸一口氣，用著握緊武器來壓下胸口的激動。

「他」就在這底下是吧……那名他等待著再次訴說友誼的朋友——只差這麼一點就能接觸到的距離。

身後有人靠近。波雨羽知道是天戀和浴血銀狐。

「扉空、伽米加和荻莉麥亞就在這塊地板之下。」天戀的聲音裡不知為何染上了憂愁：「會長，不知道為什麼，我總覺得……」

「不安嗎？」

「……嗯。」

心臟的地方沒來由的狂跳，她在外頭與士兵對戰的時候還沒有這種感覺，但是知道扉空他們就在腳下，距離靠近了，卻突然不安起來。

有種聲音告訴她，下方的景象不會是她所想看到的，是她不願看見的。

「我也是。我想大家都是一樣的吧，因為不知道底下藏著什麼，不知道扉空他們的現況如何。但不論結果是什麼樣子，我們，都必須接我們的家人回家才行。」

波雨羽安撫完天戀，前方的王者也傳來了話語。

「準備好。」

波雨羽頓了頓。他看著王者走到圖騰外，再次和日天君眼神交流。

一個點頭允諾，日天君跨步，右手握拳高舉。

紅色的火焰凝聚，包覆整顆拳頭。

日天君深吸口氣，伴隨著低喝，他將拳頭用力朝下擊在太陽的正中心！

裂紋如同蜘蛛網般從拳頭底下向外急速攀爬，地板劈里啪啦破裂成無數石塊下沉。毫無猶豫，王者邁步上前就是一跳……

手握冰雪丸，王者順著碎石墜往下方的牢房，縫間，視線立刻捕捉到明顯的紅。嗜血的色調。

王者踏著石頭前躍，反手置握雙刀，用力朝底下已經舉起的巨劍砍去。

刀與劍因猛烈的撞擊而彈開。

王者右腳向後踏穩，甩勁使力，透明的刀再次向前，朝著火焰狀的劍身就是一陣猛砍。

刀光劍影燃起瞬間的火光、撞擊的聲響未曾停歇——如果一停止，那麼勝負就立即定分。

王者採攻，猛力揮砍。

炙殺採守，握劍抵擋。

厚重的劍隨著不停加增的砍擊而吃重，不停歇的震動讓虎口逐漸攀上麻感。拖時的爭鬥令炙殺煩躁，他不耐的低吼：「煩死了！」

奮力一使，劍身由下向上揮砍撞開雙刀，炙殺瞬間轉守為攻。

畢竟是狂戰士，光是力量的加乘就相當可觀，靠硬拚根本無法抵擋。

炙殺一反剛剛的平擋，巨劍陣陣揮砍，將王者逼得節節敗退，只見隨著加重的力道，劍端出現了金色火光，炙殺回身旋擊，火焰劍氣噴發，帶著狂傲的強勁力道撞擊在交叉的雙刀之上，刀柄變得燙手。

「王者！」

跟著下到地牢的日天君和雷皇想上前，卻被熱氣燻得無法前進。

本以為能苦撐擋下，卻沒想到還是不敵，衝擊在胸前散開，腳步一滑，王者整個人頓時朝著鐵欄飛摔而去——

好在身體的反應比思緒要快，王者馬上回神。

他扭腰使力，後翻的身軀立刻翻轉個圈變了方向，雙腳踩踏在鐵欄之上。與地面呈現平行的姿態並沒有讓王者的動作停滯，一個瞬間，弓屈的身體伸直踏出，王者握著刀筆直的朝前突刺而去！

刀尖將阻擋的氣壓從中剖開，銀髮隨著呼嘯的氣流狂亂飄動。

看著舉刀飛來的男子，炙殺雙手握劍置於側腰，腳步朝前一踏，腳下的地磚因為重力而碎裂。他嘴角揚起自負的笑，劍端由下往上前刺——

那細薄的刀怎麼可能抵得過寬厚大上五倍的劍，當武器一毀，那個人就必死無疑！

十足十的信心讓炙殺的笑容越發猖狂，雙眼毫無畏懼的看著刀鋒直逼而來。

但一切，都在頃刻之間翻轉。

「啪噠。」

細小的，如同彈指般的聲音突響。

紅色的字體頓時擠出，遮擋炙殺的眼簾。

『ERROR！』

小塊的、大塊的訊息面板一個又一個的壓上，無數的錯誤詞塊布滿視野所見之處。

——這是怎麼回事！？

突如其來的狀況讓炙殺變了表情，視野被遮住讓他無法看清前方的情況。

但這樣的 BUG 只持續了一秒就解除，聚積的面板變成方正的粒子一塊塊消失。

炙殺心裡沒來由的鬆了一口氣。豈知視線才剛定下，從面板中央露出的空洞竟是讓他看見自己手持的巨劍產生了措手不及的異變——

劍面變成了不穩定的粒子訊號，從劍端開始分解出白色的條狀資訊。不只武器，就連身上、手臂所穿著的護甲也產生了相同的變化，像是被什麼東西吸引，一層層的剝落成長條狀的粒子，向上迷失在懸空之中！

「啪。」

炙殺難以置信，驚恐著自己逐漸消失力量。

擁有無比強大力量的巨劍變成了散開的軟弱綳帶，分崩瓦解。

透明的刀尖直指而來，穿過散開成圈的繃帶。

「呀啊啊啊啊——」

王者逼近到炙殺面前——雙刀突刺！

刀鋒劃過炙殺兩邊肩頸，鮮血噴出濺染衣物，疼痛讓炙殺一個不穩。

同一時刻，王者縮起腳盤，旋身一踹，失去重心的炙殺頓時整個人向後飛去，後背撞牆，跪跌在地。

日天君抓準時機從後方架住炙殺的雙手壓制，雷皇的細劍架在右頸不容他移動分毫。

手扶著地面，王者淺淺的喘了幾口氣。起身，手指動轉，冰雪丸反身入鞘。

碎石砸落在四周，光線從天頂破開的大洞照進地牢。打鬥平息後，終於能讓上方的人看清楚地板下的狀況。

靠著餘火照亮的牢房，眾人看到伽米加和荻莉麥亞被關在鐵牢之內、被壓制住的炙殺、王者三人，還有……躺在遠處地上一動也不動的扉空。

如湖水般的衣物幾乎染了半邊紅，右手的手臂以詭異的角度扭曲著。看見此景，波雨羽趕緊從洞口跳下，踏著堆積的碎石跑向扉空。

座敷童子、柀木童子、天戀、浴血銀狐也跟著下到牢房。

牢裡傳來喊聲。

天戀和浴血銀狐來到牢前，本要用武器開洞，沒想到卻毫無效果。

「這座牢房會吸收攻擊，沒辦法直接摧毀。」

聽見伽米加的告知，浴血銀狐一愣，左思右想，隨後伸手摘下天戀別在頭髮上的星型髮夾，說：「之後我重新買一個還妳。」

浴血銀狐直接將U型的夾身扳正成直條，另叫出一把小型的彎頭短刀，將刀片前端與髮夾伸進大鎖的鎖芯，側耳傾聽那細細碎碎的聲音。

在浴血銀狐想辦法開鎖放人時，座敷童子和杦木童子則是來到扉空身邊。

扉空身下的血灘還在持續擴散。波雨羽趕緊脫下自己的外套壓在扉空腹部的劍傷上想止血，但很快的，外套也被染得整片紅。

「幫我。」

收到波雨羽的指令，兩雙小手慌忙接過位置壓著外套。

旁邊，好不容易在浴血銀狐的髮夾開鎖技下離開牢房的伽米加和荻莉麥亞，快步來到扉空身旁。看見那殘忍的傷，荻莉麥亞趕緊跪下幫忙壓著外套，但伽米加卻是腳步頓停的往後退。

他不該再靠近。

如果不是他，扉空根本不會有這種生死交關的時刻。一切都是他造成的。

伽米加心裡自責自己曾經的過錯竟讓別人來承受，只能卻步的待在原地。

波雨羽叫出傷藥，咬開瓶蓋，單手探至扉空的後腦稍微扶高位置，藥瓶靠到蒼白的脣間灌進，豈知紫色的液體立刻夾雜著暗紅色澤從兩邊的嘴角流出，扉空一滴都沒喝下。

「快找治療師！他不能再拖了！」伽米加臉色難看的急喊。

——治療師……

波雨羽抬頭望，大喊：「快找治療職系的人過來！」

收到命令，上方的人群開始騷動。

順利的攻進城堡讓他們根本沒料想到會有需要治療師的時刻，現在治療師都在城外，來得及到這裡嗎？

王者眼神一沉，趕緊跑到扉空身邊，手指靠上頸部的動脈探生息。

小小的手掌即使壓著外套，但布料卻又因為吸足而滲出紅血，從指縫間溢滿、流出。座敷童子眼眶紅了，眼淚滴滴答答的滴了下來，落在那鮮紅的布料上。

她從沒想過這個好哥哥會有這麼一天的情況，她光是跌倒擦傷就痛到想哭了，扉空現在卻是這麼大的傷口，一定很痛的呀！但是他那緊閉的雙眼卻連一滴淚都流不出來，連喊痛的力氣都沒有，只剩下那微弱的呼吸在撐著。

「如果他死了該怎麼辦？如果扉空哥哥死掉了該怎麼辦？」一手壓著衣料，一手用袖子抹在不停滾出淚水的雙眼上，座敷童子抽抽噎噎的哭著喊。

她不要扉空哥哥死掉，她不要！

與座敷童子同心的枕木童子也紅著了眼眶，但卻怎麼也不肯滴下眼淚，因為他不想浪費抹淚的時間來放開那壓著外套的力道。

「他不會死。」

王者取代波雨羽的位置。

「他很堅強。雖然很微弱，但還有脈搏。只要讓傷口癒合就沒事了。」

「哈，你不會妄想自己能夠救他吧？」炙殺低聲嘲諷：「別傻了，劍士的技能裡根本就沒有治療技能。現在除了神，沒人救得了他，他一定得死。」

「一個人的生死存活不是你說了算。」

王者直視著炙殺，那眼裡的光輝竟讓炙殺沒來由的感到畏卻，因為那眼裡竟是種無法動搖的正直，以及……憐憫。

他痛恨那種眼神。

他沒有做錯任何事情，也不需要別人的同情。那是虛偽！噁心！

「你也沒資格取走任何人的性命。」

「還真是個大道理呢！那麼，你能救他嗎？從我手中搶回那條命。」

炙殺挑釁，王者僅是淡淡的瞥他一眼。

王者仔細的查看了下扉空的傷勢，除了腳踝和後腿有刀傷，右手的骨折傷口是令人不忍看的粗暴，再來就是腹部兩道相近的傷口，靠近腹側的是結痂之後又裂開，腹中則是約二十公分直接貫穿整身的劍傷。

傷重，卻故意不中要害，看人苟延殘喘的殘忍手法。

——太過分了。

深吸口氣來壓下心中翻騰的情緒，王者將蓋在傷口上的外套拿開，靠上扉空的側耳，輕聲說道：「扉空，我現在要開始幫你進行治療，過程真的說不上舒服，但是為了那些關心你的人，請你一定要撐下去。」

扉空的呼吸出現了細微的波動。

人即使處於昏迷狀態，但還是能夠聽得見外界的聲音，王者知道扉空聽見了，也努力的想要回應。

王者手上出現一雙白色的手術手套，隨著觸碰，骨折的手肘被一團透明的柔色光圈包覆。遊戲是承襲痛覺，卻不像現實可以施行手術。雖然如此，但也擁有與手術相同效用的工具，就像王者手上的手術手套，可以直接經由觸碰調整來達到與手術相同的效果。

副職業並沒有主職業的技能強大，治標不治本，因此就需要這類型的專門工具來輔助使用。若是主職業為治癒系，只要運用技能，就不須再多上這道工序。

小心的將那斷裂扭曲的手臂喬整，聽見那變得急促的呼吸，王者安撫著說：「馬上就結束了，再忍耐一下。」

手指憑空一點，長型的面板頓時出現在王者面前，但這塊面板卻與一般格式不同，呈現出的畫面是七瓶不同形狀與顏色的液體瓶。他食指滑過面板，瓶子從右至左移動，接連出現的又是不盡相同的瓶子。

挑選了一個裝著彩色液體的玻璃葫蘆瓶，王者朝圖案點下，與人同高的大型針筒立即出現。站起身、抓住針筒，王者讓雙胞胎壓著扉空被光包覆的左手，再請波雨羽和荻莉麥亞壓住扉空的雙腳。

「因為不是正職的治療技能，所以沒辦法消弭掉傷口癒合的疼痛感，等一下他可能會掙扎，為了避免他傷到自己，請盡全力壓好他。」

在王者解釋完的同時，他左耳上白色羽翅的金架勾突然變成了爬動的支腳，從王者的左耳跳下落在肩膀，一路爬到手腕。

架勾延伸變成雙倍長的支爪，如同手鐲般的牢抓在手腕上。

站在扉空的右側，王者將針筒高高舉起，直直的朝著扉空的心窩扎下——

針頭沒入胸口揚起的光芒裡。

『使用藥劑：【智者之言—ＭＡＸ】』

手腕上的小小翅膀倍增數倍展翅，筒裡的液體色彩頓時鮮明活躍，隨著活塞芯桿緩慢下壓，筒裡的液體也逐漸減少。

活塞壓到底，所有藥液注射完畢後，針筒隨即消失。

王者手腕上的翅膀縮回原本大小，一路跑回左耳原位繼續當裝飾品。

膝蓋促跪，王者傾身壓住扉空的右肩與手腕。就在那時，扉空的呼吸變得異常急促，突然開始激動掙扎，張開的嘴喊出的是尖銳的哀鳴。

「啊————」

自心肺而出的疼痛，令人無法忍受的痛意。

另一邊扭動的肩膀差點掙脫，王者厲聲道：「壓好！不然骨頭會合不整！」

座敷童子和枕木童子用全身去壓制住那極想掙脫的左手。

——拜託，扉空哥，請你撐下去！

兩人不停的在心中懇求。

也不知道過了多久，時間漫長到如同度年，終於，扉空的掙扎稍稍緩和，尖銳的叫喊只剩下低弱的喘息。

王者小心翼翼的鬆開手，發現對方不再掙扎後，對著其他四人吩咐：「可以放開了。」

「扉空哥哥怎麼樣了？」座敷童子緊張的問。

王者小小的說了聲：「失禮了。」

他掀開扉空衣服上的破口觀察傷勢，原本的劍傷只剩下淡淡的傷疤，右手的手肘也完整癒合，腳踝和大腿的傷也無大礙。他手掌靠在扉空的胸口，一塊黑色面板跳出。

HP：滿量

MP：滿量

心肺功能：正常

藥劑吸收度：98%

創傷癒合度：96%

智者之言經驗值：0.3↑

「好，沒事了。」

王者的一句話讓眾人緊繃的神經鬆弛，所有人皆鬆了一口氣。

最終還是忍不住顧慮，伽米加慌張的跪在扉空身邊，詢問王者：「他真的沒事了嗎？」

「嗯，基本狀態都回穩了，不過因為我使用的是副職技能，所以……」王者露出歉意：「抱歉，過大的傷口還是留了疤。咳，不過《創世記典》有除疤店和藥膏，弄一弄應該就會不見。」

最後的話語聽起來有點像是在遮掩犯錯的孩童。

「沒事就好、沒事就好。」嘴裡碎碎的呢喃，伽米加看著睡著的扉空。至少扉空沒有因為他而死，扉空還活著，這對他來說比任何事情都要來得重要。

遠處傳來低低的啐語。

「哼，還真是好狗運。」

目的無法達成，炙殺咬牙切齒：「真可惜，本來可以將他折磨到死，結果出現了一群礙路的蒼蠅。」

「扉空他根本就是個局外人！」伽米加急步來到炙殺面前，回喊。

「局外人？」炙殺低低的笑了，「但是他受傷了你卻很著急，很自責，心裡很痛，不是嗎？只要能達成我的目的，局外局內根本沒關係。」

話語，讓在場的人都變了臉色。

——這傢伙根本不把人當人看，根本是把人命當成隨隨便便就可以宰殺的工具！

歪嘴不屑，炙殺瞪著伽米加。

「不過現在失敗了。哼呵，你現在心裡一定很慶幸吧，被我殺傷成這樣還能逃過一劫，而我卻被這些該死的礙路蟲子壓在這裡！」

炙殺抬身掙扎，卻被用力制住。

「我真的……」

「別再說什麼大道理、一句對不起就想了事！小鳳她喜歡你，她所仰慕的、眼裡看的全都是你，看你裝作什麼都不知道的樣子，你有想過她的心情嗎……沒有。你沒有！」

炙殺咬牙切齒，恨意從未止息。

「從小到大，明明我付出的比你還要多、比你要重，但小鳳看的都不是我。我只能待在你們旁邊，看小鳳用充滿愛意的眼神和你聊天、吃飯，你有想過我的心情嗎……沒有！你說不可能，說你把她當成妹妹，說你會支持我，但是私底下卻又搞小動作讓小鳳無法拋棄對你的愛！」

「小鳳生日那一天，我親眼看見她被該死的車子撞倒在路上，看她躺在血泊中掙扎，直至今日都不願意睜開眼、寧願睡在夢中時，你有想過她的心情、有想過我們的心情嗎！」

炙殺失控的大吼：「我愛得比你多、比你要更深！為什麼得到的都是你！為什麼傷她的也是你！為什麼死的不是你——該去死的是你——」

突如其來的一拳擊上炙殺的臉頰，將他痛打在地。

眾人看著突然出手的王者，錯愕。

「鬧夠了沒。」

冷冷一聲話，王者瞇起眼。

炙殺吐掉嘴裡的血痰，吼著：「你這什麼都不知道的蟲子干你什麼事！」

「啊，確實不干我的事，但我就是聽了覺得不爽罷了。你說來說去、罵來罵去，說你有多愛一個人，你真的懂愛是什麼嗎？」

幻魔降世03
生鮮P
典藏閣
版權所有© Copyright 2015

王者雙手抓著炙殺的衣領，不理會其他人的阻止將他拉著拖到扉空身前，壓著他的頭、強迫他看著地上躺著的蒼白人身，王者指著扉空，怒聲斥喝炙殺：「給我看著！看看你自己做了什麼好事！若是你不知道，我說給你聽！腳踝的刀傷幾乎把他的腳筋斬斷；後腿的刀傷深四公分；腹部的大傷更別說了，直接將胃部貫穿二十公分的大洞想止血都止不住；還有右手的手肘更是完全開放性的骨折和嚴重挫傷。」

用力將炙殺推倒在地，王者咬牙道：「該慶幸的是你！慶幸這裡是遊戲，只要治癒他就能活著。要是在現實世界，他早就死了！別說人，連神都救不了！」

厲聲斥責，震耳欲聾。

頭一次，炙殺真的將眼前的人看進眼裡，即使是被強迫，但是他看見那毫無血色的臉龐、看見那衣服上的血，思緒裡出現的竟是不想再看的情緒。

他沒有錯！

要怪就該怪那傢伙，誰叫他在他心裡是重要的，誰叫他要和他相識！

難道小鳳就該活該躺在醫院，這些傢伙卻能快樂的隨興活著？

他不服！他不服！

心裡不停反駁那因為王者的話語而起的悲憫，但不論炙殺想怎麼壓下，腦海裡曾經的畫面，躺在血泊中的少女卻與扉空重疊。

「我問你，你知道生命的價值是多少嗎？」

炙殺啞然。

「連一個人的生命是無價的都不知道，隨隨便便就能要殺要宰的把一個人的性命輕鬆奪去，你說你有多愛一個人？你有什麼資格！你根本連珍惜都不懂！」

「夠了，王者。」日天君抓著王者的肩膀，「別再說了。」

拳頭微微顫抖，王者努力的壓下心中的怒氣。

他知道自己沒立場說這麼多，但是他真的無法忍受，他無法忍受任何人去輕視任何一條性命，因為他比任何人都要清楚性命的價值，那是如此的珍貴無價！如果沒了，就真的沒了，沒辦法再重來，有多少人會傷心？有多少人會痛苦？

推開肩上的手，王者轉身走到角落。雷皇看了眼日天君，走上前去細聲安撫王者。

「麥格……」

「說了別叫那名字。」炙殺這次的語氣不再有當時的劍拔弩張。

伽米加頓了頓，改口：「如果你真的這樣希望，那麼我就叫你，炙殺。」

深吸口氣，伽米加跪在炙殺身旁，低聲道：「我真的沒有想要傷害小鳳的意思，我也沒想到我的拒絕會讓小鳳做出這樣激烈的回應。」

「還真輕鬆呢，一句不知道就想了事。一句『不知道』小鳳就能醒來嗎？她到現在還躺在醫院不肯醒呢，這三年來不管我怎麼叫她，她就是不肯醒。」手指扯著髮，炙殺低喊：「如果你接受她，就什麼事情都不會發生了！就算是欺騙也好，只要小鳳能夠感到幸福、感覺到快樂……」

「我不能。」

「為什麼不能！你就欺騙她說你也喜歡她不就好了！為什麼要拒絕，為什麼不肯接受她！」

伽米加垂下眼，深呼吸，再次直視著炙殺受傷的眼，輕聲的、認真的說著：「因為她是我最珍惜的人，所以我不能欺騙她。我很清楚，能給她幸福的人……並不是我。」

——能夠給予那女孩真正幸福的人只有一個，是願意為她付出一切，即使自己受傷也不顧，無論如何都要守在她身邊的人。只有你，才是唯一能帶給她幸福的人。

炙殺知道伽米加想說什麼。

這答案是他想聽卻不願聽的，是他想爭取卻不敢爭取的，因為那女孩眼裡一直看的都是他從小就一起相處生活的摯友，他連開口都無法，就注定是這場愛情劇裡的輸家。但是他真的好想……

就算一次也好，只要有一次女孩眼裡能真真正正看的是他，他只是希望這樣而已啊！

但是她寧願沉淪於睡夢之中，也不願意睜眼看看他。

「炙殺，我知道小鳳的事情讓你對我很不諒解，如果可以，我真的寧願當時車禍的人是我。我對你、對小鳳，我真的很希望、很希望我們可以重新來過。」

「……來不及了。」

伽米加一愣，只見炙殺垂下眼眸，抬頭望著空洞之上佇立的身影。

『前輩。』

無聲的稱呼，帶著無比的尊敬，但臉上卻是痛苦的複雜神情。皇甫潮風解下了自己身後披著的白色絨袍，捲在手上，轉身離去。

直至今時，炙殺才發現他將原本崇敬自己、願意站在自己身邊的人推得有多遠。光線刺眼得讓人想流淚。

「你以為我在做了那麼多事情之後，還有機會再重來嗎？」炙殺露出悽慘的笑，「不可能。血榜第一名是怎麼登上的？我的天譴，馬上就會來。」

「你在說……」

無法理解炙殺話語的伽米加才要多加詢問，卻在看見前方角落的人影時止息。明明剛才從未見到，卻無聲無息的出現，好像待在那裡已經有很長一段時間。

角落裡的ＥＰ１走出陰影。異聲讓眾人將視線望去，有幾個人認出了那張臉，驚呼創角人為何會在此。

王者呆愣的看著來人。

「伊瑞！？你怎麼來了？」

詢問之中，稱呼對方的並不是ＥＰ１，而是「伊瑞」，看起來兩人應該是熟識的。

「工作。」

對著王者扔下這個詞當作解釋，ＥＰ１走到炙殺面前。

「機具代號：SSC053，遊戲ＩＤ：炙殺。你在多處不屬於武鬥的區域內蓄意惡殺玩家，嚴重損害到多數人的權益，因此官方決定將你的帳號永久停權作為處分，停權啟用時間為遊戲世界時間午夜十二點整，你還有三小時可以處理你的個人物品。」

一反聽見懲處而錯愕的其他人，炙殺平淡得像是個局外人。

「三小時……還真是寬容呢。」

「寬容，還是有附上條件限制。為了避免你在最後時限內繼續損害他人權益，所以除了物品交易，你身上的武器將全數回收，等級直接歸零。」

「等等，所以剛剛的裝備……」

ＥＰ１沒有說話，但眼神卻肯定王者的詢問。剛剛炙殺的武器會突然瓦解，是因為他讓系統強制回收。

難怪剛剛那一瞬間炙殺會有這麼大的破綻。

垂著眼，炙殺接著問：「那麼，行動限制？」

「官方說法是……他們不妨礙行動自由。所以如果你有想要道別的人，勸你把握時間。」

——道別？

一開始進入《創世記典》就只是為了殺戮的他，還有可以道別的對象嗎？

撐著膝蓋站起，炙殺推開伽米加，力道完全沒有之前的霸力，輕得如普通人。

他從伽米加面前走過，抬頭遙望洞頂的光。

眼裡沒有嗜虐的殺光，只剩下所剩無幾的惆悵。

「麥格！」

伽米加為事情演變至此感到難過，他想挽留曾經珍貴無比的友誼。

「阿項，你知道為什麼小鳳不願意醒來嗎？」

最後的稱呼，曾經的摯友。

一句詢問，讓伽米加呆愣住。

「因為她真正想見的，只有你。」

那不願回頭的背影顫抖得像在哭泣。

炙殺攀著石堆離開地牢，所有人紛紛退開路，炙殺的離開無人阻擋，原本的怒氣也在看見那駝背身軀之後而削減，心酸得讓人不忍看。

即使無意，但舒鳳、炙殺和扉空，卻都是因為他才會傷到如此。

伽米加緊握胸口的鍊墜，本該是冰涼的飾物，如今卻像火焰般燙手。

那一天，他不肯收下的禮物。

那一天，他同時失去了一起長大的青梅竹馬。

身後傳來搬動的聲音。

波雨羽揹著扉空經過伽米加。

「走吧，回家了。」

回家。

他在這裡擁有一群家人，但炙殺呢？

後背被拍了一掌，荻莉麥亞說：「他聽進去了，你的話。」

不論如何都不願聽進的話語，終於聽進了，但換來的結局卻是這樣。伽米加垂下了眼。

波雨羽轉身，朝著王者點頭，「也要謝謝夢幻城的鼎力相助。」

「舉手之勞做……」

後腦被一敲，王者喊痛的停住接下來會讓夢幻城丟臉的話語，改由日天君拱手道：「這沒什麼，互相互相。以後夢幻城若有需要，也請白羊之蹄多多幫忙。」

波雨羽再說了聲謝，準備踏上石堆，沒想到後方跟著的兩個孩子卻突然伸手抓住他的衣襬，讓他怎麼扯都走不動。

座敷童子和杴木童子眼巴巴的望著王者，鼓著的臉頰圓到像含著栗子，兩人有話想說，卻說不出口。

與雙胞胎對望數秒，王者眨了眨眼，瞇起微笑，道：「對了，夢幻城這禮拜剛好在舉行城鎮創立周年派對，如果不介意的話，白羊之蹄的各位不如一起來共襄盛舉，順便讓扉空暫時在我城休息治療，不知各位意下如何？」

▶▶Loading...

第八伺服器

因爲你是很重要的朋友。

Create Dream Online

當扉空從沉睡中醒來，第一件事情就是嚇得跳起來，東摸西摸，發現自己身上的傷口都不見了，被踩斷的手臂也完好無缺後，才深深的鬆口氣。

被當成砧板上的豬肉痛打，真的不是件好回憶。回想起來，還會有種不安的反胃感，畢竟濃烈的血味和痛覺就像是烙印在神經上，讓他想忘都忘不了。

扉空四處張望，他發現自己所在的地方並不是那冰冷的地牢，而是一間裝飾著滿滿蕾絲的房間，窗簾是蕾絲、桌巾是蕾絲、地毯也有蕾絲、床鋪更有蕾絲網帳。更重要的是蕾絲上的圖案還是小碎花。

總覺得這種滿滿幻想美少女所期待的虛幻景象對神經來講，比在地牢時的衝擊更大。

「為什麼我會在這裡？」

——這裡又是哪裡？

扉空只記得當時被炙殺捅了那一劍之後痛到幾乎暈過去，接著發生什麼事情就毫無印象了，不過，他好像有聽見誰在說話……

——是誰呢？那個人又說了什麼？

努力思考著，但是卻找不到頭緒。想不透之下，扉空只好下床檢查自己身上的衣物。摸摸肚子，抓抓手肘，衣服漂亮完整，沒有破洞。

扉空望向白色的房門。

走上前去打開門，扉空離開了房間。

房間外的長廊鋪著綠色毛絨毯。

兩邊牆壁上掛著多幅奇怪的畫作，噴濺的彩畫好似小孩子的任意作品，還有幾幅算是比較明顯的圖像——是童話內容的拼圖。這些拼圖的尺寸都不小，看得出來每幅至少有上千片，真好奇怎麼會有人有那麼多時間與耐心去一片片拼出來。

邊走邊看，扉空發現這些畫作雖然帶有奇怪的成分，但並不會讓人看膩，反而各處都有它有趣的地方。

經過的房間門敞開一小角，房裡傳出來熟悉的笑聲。

扉空小心翼翼的推開門，果真看見座敷童子和杦木童子圍繞著一名穿著紅色服飾的銀髮少年打轉，而旁邊的三人沙發上則是坐著荻莉麥亞和伽米加，至於另一張雙人沙發上背對他的背影很陌生，他不知道是誰。

「兔子跳呀、兔子跳！可怕的巫婆快快跑！」

唸著邏輯有些奇怪的詞句，座敷童子和杦木童子拉著少年笑著轉來轉去，就像在跑火車一樣，如此活潑的樣子還是扉空第一次見到。

「啊啊！兔子發現外星人了！」座敷童子歡呼了聲，拉著王者跑到門口將扉空拉進房間，用力抱住扉空磨蹭著，「是扉空哥哥！」

「扉空哥！？」栨木童子也跟著跑上去，握拳，腳步跳著跺著，「座敷妳好詐！居然又搶先！」

「先搶先贏。」

「嘖！我要告訴萱媽媽說妳不喜歡她了！」

聽見栨木童子要告狀，座敷童子整個人慌忙放開扉空，低斥：「不要隨便亂說，我最喜歡的還是萱媽媽，從頭到尾都沒有變。」

說完，座敷童子轉身面對王者，認真說：「真的！」

安撫的摸摸座敷童子的頭，王者摸著下巴，繞著扉空打量著，問：「身體還好吧？」

「呃……嗯。」

「那就好。過來這邊坐吧。」招呼扉空走向沙發，王者邊回頭自我介紹：「對了，我叫做王者，是座敷和栨木認識的人。把這裡當成是自家隨意不用客氣。等等蒂亞會送甜點過來。蒂亞的手藝真的是超好的，你一定要嚐嚐。」

不知道王者口中說的蒂亞是誰，但扉空卻聽見話裡有個重點——他是雙胞胎認識的人。

剛剛也聽見他們說著「萱媽媽」，其實一路上兩個小朋友很常提到這稱呼，提久了扉空也好奇，照著座敷童子很緊張的樣子來看……這位王者會不會是那位「萱媽媽」的朋友？

也許是很親密，可以打小報告的關係。

在扉空推論的同時，王者指著坐在雙人沙發上的男子，繼續介紹：「他是日天君。」

「你好。」日天君伸出手。

看起來是個頗陽光的人。

扉空頓了好一會兒才伸手回握。

「……你好。」

沙發上，荻莉麥亞往伽米加的方向挪了位，讓扉空坐在邊角。

「扉空，真的都沒事了嗎？」

「嗯，醒來之後發現自己健康得不可思議。不過這是怎麼一回事？」

知道扉空是在詢問自己所在的地方和離開地牢的過程，荻莉麥亞用簡單的幾句話先暫時說明：「是波雨羽和夢幻城聯手，用攻城戰把我們順利救出來。詳細情況如果你想知道，之後再慢慢跟你說。」

——攻城戰？

讀字面意思大概就是進攻城鎮的戰爭吧，不過他們是被關在一座城內嗎？

疑問很多，但扉空其實頗懶得開口問，點頭當作了解之後，他望向在日天君身旁坐下來的王者。對方看起來很年輕，歲數應該跟他差不多吧。

「他是夢幻城的城主。」

「喔……城主……」

——城主！？

差點驚呼出聲，扉空朝剛剛小聲提醒的荻莉麥亞瞪大眼。對方回以點頭肯定。

「我要坐在王者哥哥腿上！」

座敷童子才剛要撲上王者的大腿，後領馬上被人一扯，杦木童子不滿的口氣傳來：「這次才不讓妳耍詐！」

「杦木，你真的很幼稚耶。」座敷童子一臉受不了。

杦木童子氣結，臉紅大喊：「還不是妳每次都趁機搶先！我、我也想要坐王者哥哥的大腿呀！」

兩個小孩劈里啪啦又開始準備吵起來，王者趕緊站起身，低咳了聲。

左手右手同時舉起，王者手上各有一串綠色系和粉色系的串珠手鍊，「之前解任務時順便買的紀念品，本來是要送給乖巧的座敷和杦木，不過我有點傷心吶，因為座敷和杦木在我眼裡是會好好相處，不會因為小事情而傷了感情、吵架的，對嗎？」

雙胞胎互看著，再看看晃了幾下的手鍊，馬上立正站好，乖乖閉嘴排隊站在王者面前，兩隻食指在小嘴前打個「X」。

「我們沒有要吵架，沒有喔！」

王者笑了。將手鍊依序戴在敉木童子的左手、座敷童子的右手上，然後他指著椅子上的空位說：「這裡，給你們兩個，要乖乖坐好，不能再吵架。」

「那你要坐哪裡？」

王者拍拍沙發的扶手：「這裡。」

看見王者坐在扶手，兩個孩子也不再多說什麼，撐著手爬上沙發坐著，各自摸著收到的新禮物喜孜孜。

居然可以讓這兩個孩子這樣聽話，這人還真是厲害。扉空心想。

摸摸雙胞胎的頭，王者看著扉空，突然問：「你的頭髮要不要重新整理一下？」

「頭髮？」

扉空摸了下後腦，才發現髮飾鬆動到幾乎都快掉下來了。該不會他一路就是這副模樣走進來，而他們也全都看到現在，只是都不說？

——伽米加那傢伙怎麼不提醒一聲！

扉空身子後傾，從荻莉麥亞背後的空隙瞪向獸人，只是伽米加一直低著頭不知道在想什麼，也沒抬頭瞧他一眼。

——這混蛋，裝死啊！

煩躁的嘆口氣，扉空悶悶的拆掉髮尾的金圈和後腦的水晶夾。

雖然他不是沒自己綁過頭髮，但是這麼長的頭髮還真難梳弄，也沒有梳子。弄了一分鐘都還沒成型，這讓扉空的心情再度掉了一個階梯——很差。

「不介意的話，要不要我幫你？」王者好意詢問。

攤開的手指細緻得不像男人……慢著慢著，他在想什麼！這傢伙明明就是男的吧？不過這手……以男生來講還真的有點偏小。

水晶髮夾放上那掌心，扉空才驚覺自己就這樣默許讓對方幫忙整髮這件事情，那股對陌生人的觸碰會異常反感的情緒竟然沒出現。

是因為知道他是雙胞胎認識的人，所以才放心嗎？

王者戳了下掌心的髮飾，一張使用說明圖立現，旁邊還有髮飾的基本資訊，包括出賣處、持有人和材質。

「喔，這是在中央城鎮的服飾店裡買的呀。」耳邊傳來王者的嘆息：「還真是懷念呢。不知道章魚小姐還在不在？」

「章魚？」

「中央城服飾店的裁縫助手是隻章魚，你沒看過嗎？」

「呃……沒有。」

那時候是被伽米加帶著跑，哪裡有什麼他其實也沒認真去看。

頭皮傳來微微扯動的力道，感覺起來頭髮打結得厲害，不過卻沒怎麼痛到他就是了。過了約十秒，半頭的髮型就固定完成了。

手掌再次從身後伸來，扉空放上金圈。不到一分鐘，髮尾處也整理完成了。

扉空伸手摸了摸後腦，髮飾固定得很穩，頭髮摸起來也柔順。看著收起梳子的王者，扉空道聲謝。

「不客氣，不過我有件事情想問一下本人。」

看著整張臉塞到面前的王者，扉空微愣。

「嗯……你是男生，沒錯吧。」

不是疑問，而是肯定。

更讓扉空錯愕的是那股火冒情緒居然沒出現，反而下意識還直接點頭回答。在這人面前，自己變得還真有點奇怪，總覺得有種不解的悶。

「你看，我就說他是男生吧。這麼明顯，你們還在那邊猜半天。」王者扠腰對日天君說。

日天君露出苦笑，「誰叫有先例，很難不猜猜。」

王者咋舌，瞬間遙望窗戶。

此時，房門外傳來輕敲聲。

「王者少爺，我送甜點過來囉。」

穿著黑色女僕裝的短髮少女推著精緻的餐車走進房裡，來到桌前一一放下餐點——用著高雅餐具盛裝的漂亮蛋糕及紅茶。

扉空的面前也有一份精緻的水果蛋糕和紅茶。

「有我的？」

「剛剛莎娃蒂在走廊上有看見您，就一起準備了。很高興見到您康復。」

「……謝謝。」

蒂亞莞爾。

在放完所有餐點後，蒂亞說了句「請慢慢享用」，隨後轉向王者，接著道：「王者少爺，東西已經做好了，我先幫您放在桌子上。」

「好，幫我跟靜電說聲謝謝。」

「是的。」

將一疊紙張從推車的底層拿出，放置在書桌上，蒂亞再次對著眾人行禮，然後推著餐車離開房間。

「吃吧。蒂亞的手藝真的是超讚的！」

聽見王者的極度讚賞，大家也紛紛拿起蛋糕享用。

金銀花紋的小叉子切下一小塊蛋糕，叉起，放進嘴裡。觸碰舌尖的綿密觸感讓扉空驚豔。

奶油沒有一貫帶有的甜膩，不甜不淡，適中得剛剛好，而且很綿，「一抿就化」這詞絕對有資格擔當。海綿蛋糕本身散發濃濃的水果香氣，配上奶油更是一絕。奶油之上的水果也是現切的，很新鮮，而且有著當季甜度。

難怪王者拚命推薦，這蛋糕確實好吃。

「來，一人一半的草莓。」王者又起自己蛋糕上的水果，分別放在座敷童子和杦木童子的盤子裡。

看得出來王者很寵溺這對雙胞胎。

一塊芒果放進王者的盤裡，日天君坐回沙發。

捧著盤子，王者突然變得靦腆。

四人的互動讓另一張沙發上的人邊吃蛋糕邊打量。

——還真有種一家和樂融融的感覺。

面對自己腦裡突然冒出的想法，扉空居然也不覺得有哪裡奇怪，反而下意識的繼續認同，雖然這種想法真的有點詭異。

眾人陸陸續續的用完餐點，蒂亞又推著餐車進來，將桌上的餐具整理乾淨後，又推著餐車離開房間。

這時間算得真是剛剛好，不會她一直都在外面等吧？扉空有些好奇。

此時王者也起身伸伸懶腰，喊聲「好」，接著走到書桌前拿來剛剛蒂亞放著的紙張，遞給座敷童子和枚木童子。

「給你們，新的傳送陣，我請靜電多做了幾張，別捨不得用。」

收下傳送陣，兩名孩子感動的抱住王者，直喊著：「謝謝。」

拍拍孩子們的背，王者朝扉空詢問：「剛剛我已經與你的兩位隊友締結好友了，不介意我再與你締結吧？」

在呆愣之時，扉空面前已經出現了好友申請面板。

「【YES】or【NO】」的選項讓扉空陷入沉思，但想想，其實心裡並無排斥，最後他指尖點下【YES】，與王者締結好友。

「以後如果有需要任何幫助，都可以直接和我聯絡。」

遇到困難有位城主可以直接幫忙，大概是添了座敷童子和枚木童子的福氣吧。扉空心裡想著，突然身體往上起伏了一下。看見伽米加和荻莉麥亞都從沙發上起身，他也趕緊站起。

「我想……我們也該告辭了。這次非常感謝您的幫忙。」

「應該的，我也要謝謝你們這麼照顧座敷和枚木，這兩個孩子若有添麻煩，還請多多包容。」伸手與伽米加互握，王者摸摸雙胞胎的頭，交代他們：「要乖乖聽話喔。」

雙胞胎乖巧的喊聲：「好。」

伽米加做出道別。繞過長桌，和荻莉麥亞、扉空一起走向門口。

兩個孩子依依不捨的再抱了王者和日天君後，才轉身跟上其他人的腳步。

「扉空。」

扉空回頭，只見王者露出微笑，問：「抱歉，我可以和你談談嗎？」

最後離開房間的日天君順手帶上門。房間裡只剩下扉空和王者。

「扉空，抱歉，耽誤你一點時間。」

「呃……不……」

只有單單兩人的氣氛讓扉空頗有些不安，他看著王者走到他面前，與他的距離只剩下兩步，比自己矮上一顆頭的身高讓他要低頭才能與王者對望。

但對方的眼裡，卻一反那濃豔的色彩，充滿著許多的情感。

「扉空，你對這個世界有什麼感覺？」

突然的問題讓扉空反應不及，隨後知道王者是在詢問他對《創世記典》的看法，他思考著，回答：「很漂亮的世界。」

「嗯，我當初進入遊戲的時候也是跟你的想法差不多。漂亮、無汙染的世界。那麼除了這個想法，還有其他的嗎？」

「……新手村的長老很暴力。」

「噗！」聽見這看法，王者掩嘴輕笑：「確實呢，《創世記典》的NPC都很有個人風格特色，看來你領教過了。我那時候還被新手村的長老問要不要娶他的女兒，鬼打牆三小時。」

回憶曾經，兩人同時出現感嘆神情。

「《創世記典》許多地方都有著它的意思，而能不能挖掘出自己想知道的答案就得看個人了。來到《創世記典》的每個人都有自己的目的、理念，你知道《創世記典》的廣告臺詞嗎？」

廣告臺詞？雖然印象不深，但他看過好像是……

「改變，就從創造開始。」

兩人同時說出口。

扉空一愣，尷尬的看向旁邊的書櫃，而王者卻是笑了。

「沒錯。改變，就從創造開始。不管有多麼的細微，每個人都有想要尋找到、改變的那一個目標，只是自己有沒有去真正的看見而已。扉空，我希望你能堅持自己想找到的，看清楚心裡真正的答案。」

扉空露出困惑的表情，他不是很能理解王者想表達的意思。

「那麼我就這麼說吧。」王者的右手貼上扉空胸口，說：「曾經，有人這樣告訴我：『當你迷惘的時候，就仔細傾聽你的心，它會幫你找到你所想要知道的答案。』我相信你來到《創世記典》是為了尋找某樣東西，但我希望當你除了找到那東西，也能真正的看清楚它背後的意義。不管是什麼樣的理由，都要順從自己的心，因為那是最誠實、最不會說謊的。」

指腹離開怦怦跳動的胸口，王者輕聲、卻也認真的說：「或許事情會是你最不願意看清、不願意面對、會讓你痛苦的，但不論如何，唯有真正的面對才能夠正直的走下去。」

「扉空，你知道嗎？」

扉空看著王者溫柔的眼，像是在安撫驚慌的孩童。

「你很漂亮。」

看見扉空急想反駁自己是男性的樣子，王者趕緊搖手解釋：「不，我的意思是，你給我的感覺是個很漂亮、善良、溫柔的人。」

他不知道原來王者是這樣看待他，這頓時讓扉空困窘不少。

「也許需要不知道多少的時間，但我相信你會找到屬於心中那個問題的答案。」

一眼就看破他站在遊戲與現實之間的憂愁，王者的看透讓扉空訝異。

王者瞇笑著，伸出右手：「若是你有任何需要幫忙的地方，都可以直接聯絡我，只要我給予的能夠幫上你。」

眼前的手在等待著。是種支持與信任。

而他，很想回應這種無形的支持。

所以，扉空握住了王者的手。

扉空的回答讓王者很開心。

「對了，現在城裡正在舉辦創城周年慶祝活動，有吃的、喝的還有許多街頭表演，你們公會的人現在也在城裡逛著呢！如果你不急著離開，我希望你也能一起參與這盛會。」

「……好，我會的。」

王者繞過扉空，打開房門。

扉空從王者面前走過，而最後環繞在耳的話語竟是：「座敷和杺木就麻煩你多多照顧了。」

他看得出來王者真的很疼愛這兩個孩子。轉身之後，心生的是種失落。

曾經，他也有過這種感覺。能有這樣為自己擔憂的人，真的很幸福。

▲▲▲◎▼▼▼

和王者的談話耗去了點時間，扉空怕會追不上其他人的腳步，在城內人員的指引下小跑出大廳，馬上就看見在花圃樹下站著聊天等待著的四個人。

「扉空。」看著跑到面前輕喘著的少年，荻莉麥亞好奇的問：「王者找你聊了什麼？」

「呃……一點事情。」因為不知道該怎麼解釋談話內容，扉空只能這麼回答。

荻莉麥亞也不是個愛追問的人，點頭表示了解。

「那麼走吧。」平淡的語調，伽米加轉身朝大門口的方向走。

後面的人趕緊追上。

真是怎麼看怎麼奇怪，照理來說伽米加應該要很聒噪的向他逼問出談話內容才是，怎麼這次的反應卻是如此淡然？剛剛在房裡的時候也是，頭低低的，完全不知道他在想什麼。

這樣想來，不知道是不是自己的錯覺，扉空總覺得自從他醒了之後，伽米加好像都還沒跟他對上眼過。

「他對炙殺傷害你的事情很自責。」

旁邊，荻莉麥亞不知何時與扉空同步。

「我不是在牢裡說很多了，怎麼他一句話都沒聽進去？」

扉空皺起眉，很搞不懂伽米加到底在糾結什麼。他這個受害者都沒講話了。

「他覺得是因為自己的關係才會害你無端受牽連。」

「所以……他現在是故意跟我……」扉空雙手比劃著，「保持距離？」

荻莉麥亞點頭。

扉空卻是送了個白眼。

現在是什麼情況？本來還以為伽米加是個大剌剌的人，結果搞得好像小學生吵架，刻意保持距離，真虧他這樣怕寂寞的人搞得出來，可以忍住想說的話不說。

「扉空你不在意？」

「妳是問，因為他的關係而被炙殺弄到斷手斷腳又差點掉了小命？」

「嗯。」

「……怎麼可能不在意。」

荻莉麥亞沉默。

想想也是，就算是再怎麼要好的朋友，也很難做到站在受害者的角度卻不去在意吧。畢竟傷是在自己身上，痛也是痛自己，更何況還是做到那種殘忍的地步。

「不過，在意也沒什麼用吧。」看著荻莉麥亞呆愣的表情，扉空覺得好笑。手按著肩膀動了動頸部，邊說：「我在那裡說過了吧。發生都發生了，也不可能再重來，不管怎麼在意，也不可能改變發生在自己身上的傷痛，唯一能做的就是繼續走下去，不是嗎？」

荻莉麥亞抿著嘴脣，認真道：「你很寬容。」

「不。」扉空望向天空，輕聲嘆息，「我並不寬容，只是對某些事情覺得累了，越計較越累，所以我選擇跨過去，不回頭看罷了。」

跨過去，是為了不再看見那些令人傷心痛苦的事物。

淡淡的語氣，帶著無解的憂傷。不知道是不是錯覺，荻莉麥亞總覺得扉空看起來好像……很難過。

扉空注視前方的背影。很熟悉、很重、很沉。

在牢裡發生的事情他記得一清二楚，他記得伽米加為了他磕頭請求炙殺放過他。任何人都知道，磕頭下跪是種踐踏尊嚴的羞辱，伽米加大可裝作事不關己，何必為了一個在遊戲中認識的人拋棄自己的尊嚴。

不過……伽米加都做到這樣了，那麼他若就這樣默認他這種態度，也是個混蛋吧。

定下心，扉空快步追上，直接擋在伽米加面前。雖然他覺得處理這種事情很麻煩，但如果這麻煩不解決，之後的生活肯定會一直卡著大疙瘩，這樣會更麻煩。

低垂的獸眼故意偏向一邊，不敢抬起。

「我有話跟你說。」

扔下一句話，扉空逕自走出大門。他故意不等伽米加回答，因為只有這樣才能讓伽米加沒法拒絕。

聽著身後傳來的腳步聲，扉空輕哼。

——看吧，真的跟來了。

挑了條看起來還算寬敞的無人巷道，扉空拐彎走進去。

轉身，看著跟進來沉默止步的伽米加，扉空命令：「站在那裡別動。」

伽米加才剛抬起困惑的眼，連看都還沒看清楚，一拳栗爆就這麼直接正面揍來，凶猛的力道讓伽米加瞬間跌坐在地，揉著紅臉哀了聲。

巷頭躲著看的兩個小孩驚呼，抓著荻莉麥亞。

五指發麻，扉空甩了甩剛剛施暴的手哈了幾口氣。揍了兩次，沒一次是輕鬆的，怎麼都那麼痛啊，這頭獅子的鼻骨也太硬了吧。

苦著一張臉，扉空悶聲道：「這樣就不欠了。」

伽米加抬起訝異的眼。扉空還在甩手。

「你害我受傷，我揍你一拳討回來不為過吧。」

「但、但是……」伽米加五指緊握。

一拳換一身傷，怎麼值？

「伽米加。」扉空朝著膝蓋拍了一掌，蹲下問：「你那時候為什麼要替我向炙殺磕頭？」

「……我以為這麼做他會放過你。」

「不，我是問你，為什麼會願意為了我而這麼做？」

為什麼他會願意為了他連尊嚴都不顧了？

伽米加沉默著，眼光閃爍。

他當時只是怕再有人因為他而受傷，怕扉空會被重傷，但為什麼當時會想都沒想就直接下跪磕頭，也許……

「因為是朋友。」伽米加抬高頭，想讓風吹散眼眶的熱意。他深吸著氣，說出了真正的理由：「因為你是很重要的朋友。」

「我們才認識沒多久吧。」

「就算時間不長，但我還是把你當成朋友，從見面的那一天開始。」

從他遇見扉空的那一刻，覺得逗著扉空玩很有趣，讓他有種重回那三人時光的錯覺。或許是愧疚，又或者是替代，雖然明知道不對，但他真的不想再失去這樣的日子，所以才會緊抓著扉空不放。

——因為是朋友，這可真是個好理由呢。

扉空起身扠腰，語氣有著前所未有的認真：「伽米加，這話我可不會再說第二遍。同樣的，因為是朋友，所以你並沒有欠我什麼。」

因為是朋友，所以互相體諒、互相諒解是應該的，就算因此而受傷，但正因為是朋友，所以值得。

看著伽米加一臉快哭的樣子，扉空嘖了聲，不自在的擺手，「啊，就這樣。」

他可不想再多擔任什麼安慰哭哭獸人的保姆角色。

其實是因為說完之後難為情占更大部分，他沒安慰過除了碧琳以外的人，所以講這種因為是朋友所以八啦八啦的話……

叫出一罐紅藥水插上吸管，扉空邊吸邊看著牆壁離開巷子。

仔細瞧，嘿，薄薄的耳根都發紅了。

最後居然裝成喝果汁離開，還真是彆扭的安慰。但讓不善言語的扉空來安慰的他，也真夠遜的……

伽米加抹掉快滾出眼眶的液體，起身離開巷子。

巷頭外的三人面露不安。伽米加在心裡嘆口氣，明明就是因為不想再讓其他人因他而受傷，結果卻還是讓人擔心了。如果能，他真的很希望自己還有那份資格待在這些夥伴的身邊，直至未來的每一天。

摸摸座敷童子和杴木童子的頭，再對荻莉麥亞說聲抱歉後，伽米加追上扉空的步伐，忍住翻湧的情緒，用著帶些鼻音的痞式語氣喊道：「扉空，你的耳根超紅的。」

「干你什麼事！」

困窘的遮耳，引來伽米加的輕鬆笑聲。

扉空不悅的撇嘴。早知道就不要這麼多嘴安慰他了。

王者坐在窗檻上，觀望城堡外頭熱鬧繽紛的街道。

房門打開，日天君走進房裡。

「我沒想到你會特地跟他說那些話。」

「沒辦法忍著不說嘛。看見他，就像看見過去的自己。」腳跟輕輕敲著牆壁，王者的笑容裡有著感嘆，「明明在尋找，卻不知道自己在找著什麼；明明看著，卻忽略自己所看見的。那種日子，真的很痛苦。」

跳下窗檻，王者靠在窗邊看著天空上的彩色氣球。

「日天君，他看起來很寂寞。」

日天君來到王者身旁，看著那眺望遠方的紅色眼瞳，眼裡有著動搖的波光，他將手搭上了王者的肩。

安穩的重量，一直以來的支持。

「我只是希望……我的話能夠給予他一點指引或是動力，可以讓他擺脫心裡的窒礙。」王者望向日天君，問：「你覺得他能不能找到呢？自己真正該找的。」

「他會的。」

「喔，這麼有信心？」

「因為你也找到了，不是嗎？」

王者努嘴輕笑，拍拍腰側，「我們又不是同個人。不過我也相信他會找到的，因為在他身上除了寂寞，我也看見了堅強。那樣的傷就算是我也差不多會直接放棄掛回重生點，但是他卻硬撐了下來。」

頓了下，王者繼續說：「就算是程式，但還是會因人類的情感而走；就算是下意識，還是能主導走向。即使自己沒察覺，但他有著想要撐著不放棄的理由。」

日天君眺望遠方，「是不想在同伴面前放棄死去吧。」如果就這麼死去，那麼一定會成為那些人心中的疙瘩，所以他才不肯就這麼屈服放棄。

「只要有想要撐下去的理由，那麼他就有屬於自己的堅強，我是這麼想的。」十指反扣交叉，王者伸展著手臂的筋骨，拇指比了比，提議：「如何?等等去城裡逛逛。」

「有何不可?」

目送日天君離開準備去找待會一起逛街的同伴，王者再次望向那熱鬧非凡的街道，拿起胸前的藍色小行星放在眼前轉著看。

小小的洞口，看見的是璀璨多變的世界。

——扉空，希望這堅強能支撐你找到自己想要的答案。縱使路上有所迷惘，也能看清道路，正直前行。

——只要願意走，只要願意找，那麼一定會看到的，答案背後真正的涵義。

▲▲▲◎▼▼▼

萬國旗幟與燈籠高掛裝飾每條街道，除了一般有店面的商家之外，街道旁還有許多小吃攤販。煙花在空中綻放成漂亮的圖案，長著兔耳與貓耳的孩童拿著剛買的棉花糖，從扉空身旁嬉鬧奔跑而過。

街道的另一頭，有著熟悉的人。波雨羽、明姬、青玉，還有面熟的白羊之蹄的會員。從陀螺攤販的迷人技藝中移開目光，青玉朝扉空跑來，張開雙手用力抱住他，將頭埋進他懷裡，熨燙在心的是喜悅的情緒。她很開心看見扉空平平安安的回來。

座敷童子和枚木童子手牽著手跑過三人，站在拉糖花的攤販前，睜著晶亮的眼看著老闆神奇的用金黃糖拉畫出一條龍。

荻莉麥亞優雅的走過，停佇在某家攤位前，拿起桌上的毛筆刷刷兩三下，白色的紙張上用黑色墨汁狂放的寫著「漫畫魂」一詞。

愛瑪尼拿著兩個甜筒走到她身旁，遞出其中一個。

盯著乳白色的甜筒看，再抬頭看看愛瑪尼臉上掛著的笑容，荻莉麥亞接下甜筒……再整個扔回愛瑪尼的臉上！

拍拍手，荻莉麥亞踏著愉悅的步伐離去。

愛瑪尼抹掉臉上的霜淇淋，喊出某個名字，趕緊跟上。

喇叭播放輕鬆的音樂，將整座城的熱鬧氣氛再拉上一階。七彩的氣球從各處飄上天空。彩色的花朵棉花糖從旁邊遞來，扉空轉頭看，伽米加正吸著剛剛買來的可樂。

握著竹籤接下，扉空將棉花糖遞到青玉面前，「讓妳擔心了。」

用袖口擦掉眼淚，青玉露出燦爛的笑容接下，摘下一口棉放進嘴哩，甜意融化入心。笑著，她再摘下一口，遞到扉空的嘴脣前。

遲疑了一會兒，扉空張嘴含下。

「好吃嗎？」

漂亮的眼有著璀亮的期待，如同在現實的時候。

「嗯。」輕聲回答，扉空露出寵溺的笑容，那是只願意給予一個人的溫柔。

——我看見了，妳用妳的雙腳走到我面前。我找到了妳，只求妳能夠永遠陪在我身邊……

Logging……

▶▶Loading...

番外

【荻莉麥亞】閃耀之心

Create Dream Online

《閃耀之心》，一款以現代化職業為架構生成的線上養成類型遊戲，不同於冒險型，是以職業技藝的培養為經驗值升等的構成條件，所以基本上包括建築、裁縫、家具、點心師傅……等屬於現代技藝的常見職業，是《閃耀之心》裡的基本族群。

裡面最基本的階等為「學徒」，需要向師父拜師學習技能。

比起冒險遊戲的技能是屬於跨現實的招式系，《閃耀之心》的技能則是一項作品的創作能力，當創作能力學習滿點，就能自己去取材製作成品販售給其他玩家，製作作品也會有經驗點可吸收，在這樣慢慢培養的環境中，直到最高等的「超達人」。

她並不知道自己繼續待在這裡是想做些什麼。

因為朋友的邀約，所以她才來看看線上遊戲的世界，直到一款又一款的新鮮遊戲爭相上市，原本夯烈的遊戲卻逐漸失去人潮，朋友說了聲「掰」之後就從此不再上線，她也在考慮之後是不是該放棄了，但不知道為什麼，卻還繼續待著東摸西摸慢慢的升等。

本來她有可以當成工作的興趣，也很努力的想闖出屬於自己的一片天地，所以不論課業再忙、再累，只要靈感一來，她就半夜起來窩著畫漫畫。然後在十七歲的時候，抱著一試的勇氣參加了某家出版社的新人獎，意外的獲得金賞。

那時她真的好開心，因為她的努力終於被肯定了。

出版社和學業兩頭催，但她自己也沒想過，這樣的肯定卻在兩年後宣告終結。

「孝萱，妳的技術真的進步得很快，但是總覺得好像還少了些什麼。這篇故事的架構沒問題，但是內容缺乏了新鮮感，和妳得新人獎時的感覺真的差很多，我想……這篇故事妳要不要再重新思考一下？」

聽見編輯這樣說的時候，她真的打擊很大。

她自己並不是沒有察覺，男女主角的戀愛從頭到尾貫徹一直線，就算是起伏，也只是慣例性的拌嘴，和以前那篇充滿幻想無侷限的活潑漫畫相比……這篇故事的內容真的過於普通。但她不知道自己到底哪裡出了問題，只是覺得時間不夠用、很累，可是她不想就這樣放棄，她真的不想。

結果在這樣半推半擠的方式下，她的身體終於承受不了心理和生理的負荷而生了一場大病，必須要住院才能治療痊癒，出院之後即使提起筆，卻再也畫不出任何東西。

原本喜愛的東西變得厭惡，真的很痛苦。她痛恨讓自己變成這樣的她。

幾個月之後，她放棄畫漫畫了。

她規矩的將一半的心藏起來，一半在課業上攀爬，然後上了大學。

▲▲▲◎▼▼▼

今天是她二十一歲的生日。

等待物品上方的進度條跑滿，一個香噴噴的巴掌麵包也出現在檯面上。經驗值上升的提示聲在耳邊響起。

她拿起麵包走出製作店，坐在店門前的彩虹椅上啃著。

比起一年前，街上的人只剩下兩、三隻貓，淡淡的淒涼感飄散，咬著的麵包好像也感染了氣氛而變得無味。

「小姐，給虧嗎？」

一名身穿黑色皮衣的男子停在她面前，比個七放在下巴，燦爛的笑容好像隨時會發閃。

咀嚼嘴裡的麵包，她起身走上街道。

遊戲裡偶爾會出現這種奇怪的傢伙，隨隨便便自以為是的對女性抛下一句輕佻浮語，實在很不尊重女性。

當然，她也沒有想要搭理的打算。

「誒！小姐，就算不給虧其實還是可以聊聊的……唉呦！」

身後傳來很大的撞擊聲。

她回頭看，只見剛剛跟她搭訕的男子面朝地趴著，屁股翹得老高，左腳還纏著一件破掉的黃色雨衣。看起來應該是他想追她，結果卻可悲的踩到雨衣滑倒了。

男子狼狽的爬起身，吐掉嘴裡吃進的灰塵，在與她看著的視線對上時，男子頭一低，乾笑著搔頭。

——奇怪的人。

空蕩蕩的街上只剩下她和他，她看著男子拍著衣服走到她面前，臉有些紅。

大概是剛剛的糗樣被她看見了而感到不好意思。

男子摸摸頭髮，不自在的從她身旁繞過。

「不是要虧我，這樣就跑了？」

一講完，她差點咬到舌頭。她不知道自己為什麼會說出這種話。或許，是因為這裡只剩下他們兩人，所有相識的人都已經離去了的關係吧。

她看著男子訝異的回頭，遲疑著，然後小步的跑回她面前，表情與剛剛很不同，是種靦腆的笑容。

「妳好，我叫做『炙殺』，如果可以，能不能和妳做個朋友？」

當停留在《閃耀之心》的人越來越少，她和炙殺的話卻越來越多。

奇怪的相遇，奇怪的人。熟識之後才發現他是個多話的人。

炙殺喜歡講述許多古老的故事和傳奇，偶爾會述說對於現在社會事件的看法與評論，看得出來他對時勢掌握得非常清楚，當然有時也會聽見他對於上司的不雅抱怨。

和炙殺待在一塊兒並不無聊，就算她沒有新鮮的題材可以當聊天的內容，但炙殺也可以笑著幫她接下話，換成另外一個主題，有趣的談論整天。

他說他有三個弟弟和四個妹妹，是個大家庭。他沒有高學歷，高中畢業就開始工作養家。

他說來《閃耀之心》是因為同事的邀約，結果最後同事跳槽去別款遊戲，他卻還留在這裡。

他說最近有一款應該還算不錯的遊戲準備要上市了，如果到時不玩《閃耀之心》，也許會跳到那款遊戲去玩玩。

他說能夠認識她，是他這輩子以來最開心的一件事情。

當她看見他拿出自己製作的婚戒時，她不知所措的想走，卻被他拉住手。

他說……

「荻亞，我想要和妳在一起。」

這個世界並不是真實的。

拉著身上穿著的白色婚紗，她心裡有些迷惘。她不知道為什麼當時會任由炙殺將婚戒套在她的手上，唯一清楚的，大概就是心中的那股期待。

這讓她想起她周遭的朋友與異性交往時的姿態，想起當初漫畫裡男女戀愛的畫面，不知不覺間，臉突然有些熱。

她摸著臉，想讓溫度降下一些。

禮堂裡只有她一人。直至今日，《閃耀之心》終於僅剩下不到當初 1% 的人數，他們的婚禮沒有觀禮者。

禮堂外是稀里嘩啦的雨景。

她在等，等著炙殺的到來。

等到雨水停歇，等到白天變成夕暮、再轉為黑夜，門外依然無人到來。

空氣變得冷，眼眶有些熱，她開始不安的找著事情做。

數著捧花裡的花瓣，數著裙襬上的蕾絲洞，看著白鞋後的高跟……摸著頭髮上的花飾、耳朵上的耳環，直到觸碰臉頰，紗網手套沾染的灰暗色彩才讓她發現妝已花。

拿出鏡子和化妝品，重新蓋住淚水滑過的痕跡。

光線照入走道，她才發現天轉白。

炙殺還是沒有出現。

也許是有事情耽擱，也許今天就會到來。每天抱著相同的心情和想法在禮堂等待，但是迎來的卻是越來越失望的答案。

她等了足足半個月。

炙殺不會來了。

也許，他根本沒有想要和她攜手的真正打算，臨時的退堂鼓，漫畫和小說裡很常出現的。她知道這沒什麼好哭的，畢竟只是個虛擬世界又不是現實，但眼淚還是忍不住落下。原來，在不知不覺間，她沒有察覺到的是已經戀上的情感。

捧花遺落在空蕩蕩的座椅上，她提著裙襬離開禮堂。

結果最後她也像那些朋友一樣，永遠的告別了《閃耀之心》。

諷刺的是，這情傷，卻讓她再度提起筆。

縱使心傷，她還是不想忘記這段回憶。

她將過去的一個個畫面畫出來，將畫稿拿到久違的出版社。

編輯靜靜的看著稿子。

她的心思卻放在窗外的城市。

「孝萱！」編輯露出驚豔又興奮的表情，「這故事真的很棒，角色們都有很強烈的個人風格，架構也非常堅固，更重要的是每個畫面都很有感情，只要細節再詳細討論修改一下，我相信這部作品一定會造成轟動。不過妳的身體狀況……」

「我沒問題。我能畫，我想畫。」

明明被拋棄，卻還想要記下與他相處的每個畫面。

「那好，這篇作品我會推薦給主編，讓它成為明年夏季的主打新作。」

看著編輯遞來的手，她握住了。

數個月後，這部作品正式定名為《閃耀之心！GO LOVE！》。

這樣的名字，那個人會不會主動出現在她的面前呢？

也許她還像當初在禮堂時的心情，她在等著他的出現。

作品正式上市，如同編輯所說的造成旋風，「李孝萱」這名字不脛而走，她獲得了名氣，獲得了繼承當初的肯定。

只是日子卻像那時候一樣，一天又一天的失望。因為不管作品賣得如何好，那個人還是沒有出現。

▲▲▲◎▼▼▼

不知道從什麼時候開始，她徘徊在好幾個遊戲世界裡，只要有熱門遊戲上市，她就會買下設備進入那虛擬的世界，雖然她提不起勁去冒險，但卻下意識的去尋找世界中那名用「炙殺」當作遊戲ＩＤ的人。

踏過四、五款遊戲，卻毫無線索，最後她來到了《創世記典》。

一反之前使用的遊戲ＩＤ「荻亞」，她替自己取了新名字──「荻莉麥亞」。雖然只是多加了幾個字，但也讓她有種新生的感覺，希望這個名字可以帶給她好運。

搜尋玩家的系統工具很好用，她知道這款遊戲裡有名叫做「炙殺」的玩家，但這是一款冒險遊戲，和《閃耀之心》不同，想跨足各大陸去找人，就必須要有對付怪物的能力，所以她挑選了一個使用槍械的職業，開始了邊練等級、邊找人的生活，然後遇見了她現在所認識的同伴──伽米加、扉空、座敷童子和枕木童子，還加入了白羊之蹄這個公會。

其實，她不討厭這樣的生活，反而逐漸覺得有趣，只是一切實在過於突然，「炙殺」主動出現在她面前，但卻是針對別人而來。

相同的名字，截然不同的長相與個性。

這位「炙殺」殘酷的攻擊她與她的同伴們，毫不留情。她頓時領悟，《創世記典》裡她一直在尋找的人並不是她所要找的人，縱使那個人無情，但絕對不會是眼前的這個混蛋！

她又再次的失望。

長久以來尋找的失落也讓她產生了不知道該往哪去找尋的徬徨。

看著那個人想帶走一身是傷的扉空，她想追上去，手卻被拉住。

「不要。」

那個叫做愛瑪尼的人如此說著，要她別去涉險。

一瞬間，好像有什麼東西在腦袋裡啪的一聲打開了鎖。很多時候，那表情、那力道，竟是如此的熟識。

但她沒辦法真的為了他的一句話而不顧同伴死活，所以她甩開了愛瑪尼的手，轉身追上炙殺，卻意外的被傳送到冥限大城，還被關在牢裡逼著看扉空被打到半死。直到白羊之蹄的人和夢幻城聯手攻城救人，才終止這場惡夢。

離開地牢後，在王者的邀約之下一行人前往夢幻城，在城堡的後花園，她看見了在轉角處直直看著她的愛瑪尼。

不同的名字、誇張的愛錢性格，卻帶著有些面熟的樣貌和表情。不知不覺間，她走到他面前。

他伸手想觸碰她。

她舉手擋下，語氣冰冷到連她自己都驚訝：「你才是炙殺，對吧？」

她看見愛瑪尼眼裡出現歉意，然後喊出與回憶中相同的叫喚：「荻亞，我……」

明明很期待能夠找到他，但是真正重新見面時，滯留在心的卻是氣憤。她氣他的不告而別，氣他欺騙她，氣他讓她傻傻的獨自一人等待卻只能得到空等的答案。

但她還是想知道她追尋的解答，她要他親口告訴她。

「為什麼那時候你沒有來？」

「我、那時候出了點意外，必須住在醫院……設備也被弄壞了，我想說等出院再去修理，所以才……」

「你昏迷嗎？」

「不、不是，是腳骨折……」

「所以你很清醒，對吧？」

愛瑪尼縮著肩膀，點頭。

她笑了，但是喉嚨和鼻子卻很酸，愛瑪尼慌張的伸來手，卻被她一掌打掉。

「別碰我。」

「我真的不是故意……」

「其實你根本沒有想要和我在一起，對吧？」

「我不是……」

她不知道該怎麼面對他，只能移開視線不去看他。

「設備只要三天就能修好，別跟我說你沒有任何人可以幫你的忙拿去修理。就算在醫院也能上線，但你卻抱著僥倖的心態讓我等了整整半個月，一句話也沒說，一個字也沒留。你到底哪來的自信我會願意一直等著！」她大聲吼著。

她真的從來沒想過自己聽見他失約的理由會是如此的激動，她其實不想這樣發洩怒氣，她也不知道原來自己對那件事情是這麼的在意。

她看著愛瑪尼沉默著，任由她罵著，對她露出抱歉的眼神，慌張的想抹掉她的淚。

她再次打掉他的手，轉身就走。

這次，是她放棄的，她不要了，因為她不想再經歷相同的等待、相同的失望。

夢幻城正在舉行城鎮創立的紀念派對，很像園遊會的景象，也有各式各樣的攤販。

她站在一家用棚布布置的攤販前，桌上有張宣紙與沾墨的毛筆。

「一張紙只要五十創世幣，小姐您可以在紙上自由創作。」

付紙錢，留一次活動紀念。

她拿起毛筆在宣紙上寫上「漫畫魂」一詞。

支撐她走下去的堅持。

她將買紙的錢給了攤販，準備收起這作品。

突然，旁邊遞來了一個甜筒——牛奶口味的霜淇淋。愛瑪尼用著膽怯的表情討好著。

她接過甜筒，看著，然後用力扔回他臉上。

發洩的舉動確實讓她心情痛快不少，但轉身離去卻是不願看見對方的狼狽樣子。

她不知道他是真的記得她喜歡牛奶口味還是矇的，但不管是哪個原因，都無所謂了。

身後傳來對方喊著她名字的聲音、追上的腳步聲。

手腕被拉住。她瞪著抓著她的人，沒想到愛瑪尼卻是將另一隻手上的甜筒塞進她的掌心。

帶著歉意的臉沾著白色乳霜，在她握住甜筒時，抓著手腕的手鬆開了。他沒再多說什麼，只是扔下了句「對不起」，然後沉默的離去。

從頭到尾，她搞不懂自己真正想要的是什麼。明明很開心與他再次相見，明明很想要和他在一起，明明慶幸他不是故意要讓她空等……

視線變得模糊，眼前的白變得像晃影。

用手背抹掉滾出眼眶的淚水，當她放下手時，原本占據視線的甜筒卻變成了以白色玫瑰為主的捧花。

「當我回到《閃耀之心》的時候，妳已經不在了。」

那是與她當初遺落在禮堂裡，一模一樣的捧花。

「其實一開始見到妳的時候，我就知道是妳了，只是我沒有勇氣與妳相認，因為我知道自己是個混蛋，明明說好要在一起，卻讓妳等待到傷心離去。」

「荻亞，我從沒有想過要騙妳，我是真的想和妳在一起，從頭到尾都是如此，沒有變。只是……那時的我想得不夠周詳，我用過於輕率的態度來看待我們的關係，我自負的以為妳會等……但我卻沒去想過妳等待的感覺。」

三年已過，時間會改變一個人。老實講，她不知道該聽信他哪句話了。說好的承諾、說好的相約，最後卻是空等的結果，那種孤單一人的感覺，她根本不想再碰著一次。

——但是……

空著的手握住捧花的手把，一瞬間好像置身當年，她還身穿著婚紗站在禮堂裡，看著門外的雨景等待新郎的到來。

而現在，那位失約的新郎就在她眼前，但她的手上卻早已沒有了當時的婚戒。

對於這段感情，她迷惘。她想承諾，卻很怕再被拋下，所以她只能這麼說：「我只是取回我的東西。婚禮，三年前就沒了，現在的我沒有婚紗，也沒有你對我許下承諾的婚戒，你來晚了。」

「我知道。」

短短的一句話，沒有再多餘請求她諒解當時的遲到，他對她扯出一抹苦澀的笑，沉默的轉身離去。

「孝萱，妳打算怎麼安排結局？」

之前她拿著稿子去出版社時，編輯如此詢問。

「……雖然等待的時間很長，但是三年後，金希會回到決的面前，在河畔之下，兩人重逢。」

「看故事走向，我還以為妳會安排成悲劇呢。不過，也許這樣的結局會更好。」編輯笑著，點頭認可道：「就照妳所想的去安排吧，最好的結局。」

她把她所希望的安排在故事裡，但她卻沒有勇氣去追求她想要的結局。

握著捧花的手在發抖。

那天他未到，現在他離去。

如果可以，她真的很想……

「你記得你和我第一次見面時說的頭一句話是什麼嗎？」

在發覺之前，她顫抖的喊出。

前方的腳步頓停，那人重新回過頭。

愛瑪尼沉默著，突然一愣，然後表情變得靦腆，快步走回到她面前，小心翼翼的詢問：「小姐，給虧嗎？」

掩住口鼻，忍住喉頭的酸意，她覺得自己的聲音好像哽咽到快要說不出話。

「我很難虧的，你一定會花上很長的時間，也不見得能虧得到。」

「沒關係。只要妳願意再給我一次機會。」

握著捧花的手被另一雙手覆蓋住，溫柔的力道讓顫抖停止。

溫暖的懷抱迎面而來。

「你遲到了。」

「對不起，我來晚了。」

番外　【荻莉麥亞】閃耀之心　完

《幻魔降世04御姐大追擊．奪還哥哥大人！》完

敬請期待更精采的《幻魔降世05》

My Voice Actor
Prince 01
我的聲優王子 01
~Love恋~
NOVEL 墨子都
ILLUST Jond-D
當聲控飯少女遇上聲優「陛下」&男神「蜀黍」
二次元到三次元錄音室的
愛的宣言！
陛下「朕想要的，不過僅是妳一人！」
蜀黍「當我的女朋友好嗎？」
小葵「……」(◎o◎)
——媽咪，妳女兒終於不再滯銷了！
Duoex
典藏閣
飛小說
華文聯合出版平台
www.book4u.com.tw
采舍國際
www.silkbook.com
不思議工作室_
立即搜尋
版權所有© Copyright 2015

芙蓉仙傳系列
竹某人◎著
MO子◎繪
不思議超級女仙——非她莫屬！
這是個連玉皇都搞不定的小丫頭，因為……
有木有哪個仙人是因為負債累累而被踹下凡的啊？！
——這是小芙蓉的仙生歷練，更是還債大挑戰！
打工女仙我最忙!!
保鏢女仙我最酷!!
尋寶女仙我最行!!
元氣女仙我最嬌!!
甜心女仙我最優!!
全套六集．全國各大書店、網路書店、租書店．持續熱賣中！
典藏閣
華文聯合出版平台
www.book4u.com.tw
采舍國際
www.silkbook.com
不思議工作室_
立即搜尋
版權所有© Copyright 2014

飛小說系列 122

幻魔降世 04

御姐大追擊・奪還哥哥大人！

出版者■典藏閣
作　者■蒼漓　　繪　者■生鮮P
總編輯■歐綾纖
製作團隊■不思議工作室

郵撥帳號■50017206 采舍國際有限公司（郵撥購買，請另付一成郵資）
台灣出版中心■新北市中和區中山路 2 段 366 巷 10 號 10 樓
電　話■(02) 2248-7896　傳　真■(02) 2248-7758
物流中心■新北市中和區中山路 2 段 366 巷 10 號 3 樓
電　話■(02) 8245-8786　傳　真■(02) 8245-8718
ＩＳＢＮ■978-986-271-588-8
出版日期■2015 年 3 月

全球華文國際市場總代理／采舍國際
地　址■新北市中和區中山路 2 段 366 巷 10 號 3 樓
電　話■(02) 8245-8786　傳　真■(02) 8245-8718

新絲路網路書店
地　址■新北市中和區中山路 2 段 366 巷 10 號 10 樓
網　址■www. silkbook. com
電　話■(02) 8245-9896
傳　真■(02) 8245-8819

☞您在什麼地方購買本書？☜

1. 便利商店（________市／縣）：☐7-11　☐全家　☐萊爾富　☐其他____________

2. 網路書店：☐新絲路　☐博客來　☐金石堂　☐其他__________

3. 書店（________市／縣）：☐金石堂　☐誠品　☐安利美特animate　☐其他______

姓名：________地址：________________________________

聯絡電話：____________　電子郵箱：______________________

您的性別：☐男　☐女　　您的生日：西元________年________月________日

（請務必填妥基本資料，以利贈品寄送）

您的職業：☐上班族　☐學生　☐服務業　☐軍警公教　☐資訊業　☐娛樂相關產業

☐自由業　☐其他__________

您的學歷：☐高中（含高中以下）　☐專科、大學　☐研究所以上

☞購買前☜

您從何處得知本書：☐逛書店　☐網路廣告（網站：__________）　☐親友介紹

（可複選）　☐出版書訊　☐銷售人員推薦　☐其他________________

本書吸引您的原因：☐書名很好　☐封面精美　☐書腰文字　☐封底文字　☐欣賞作家

（可複選）　☐喜歡畫家　☐價格合理　☐題材有趣　☐廣告印象深刻

☐其他________________

☞購買後☜

您滿意的部份：☐書名　☐封面　☐故事內容　☐版面編排　☐價格　☐贈品

（可複選）　☐其他

不滿意的部份：☐書名　☐封面　☐故事內容　☐版面編排　☐價格　☐贈品

（可複選）　☐其他

您對本書以及典藏閣的建議____

____

____

✌未來您是否願意收到相關書訊？☐是　☐否

✍感謝您寶貴的意見✍

印刷品

$3.5
請貼
3.5元
郵票
不思議信箱
FUSIGI POST

235 新北市中和區中山路二段366巷10號10樓

華文網出版集團 收

（典藏閣－不思議工作室）

御姐大追擊★奪還哥哥大人！

幻魔降世

Create Dream Online 04